熊蜂骑士

① 女王的秘密任务

[德]维蕾娜·莱因哈特｜著

曹 萌｜绘 刘海颖｜译

21 二十一世纪出版社集团
21st Century Publishing Group

人物简介

弗里德里希·约翰·勒文莫尔
身材迷你的人类，显赫的熊蜂骑士家族后裔。

哲罗姆·大刺
熊蜂，矽卡岩王国南境的特工队长，
年轻时为了漂亮把自己的绒毛涂成了金色。

眉兰
身材迷你的人类，矽卡岩王国南境的女王，
拥有摄人心魄的魅力。

格伦希尔德
身材迷你的人类，矽卡岩王国的传奇女英雄，
她大战冰雪巨人的事迹广为流传。

格瑞罗·塔尔帕
蝼蛄，身材高大，面貌骇人，是绿洞酒吧的老板。

克鲁佩斯
身材迷你的人类，投机商人，拥有强大的地方势力。

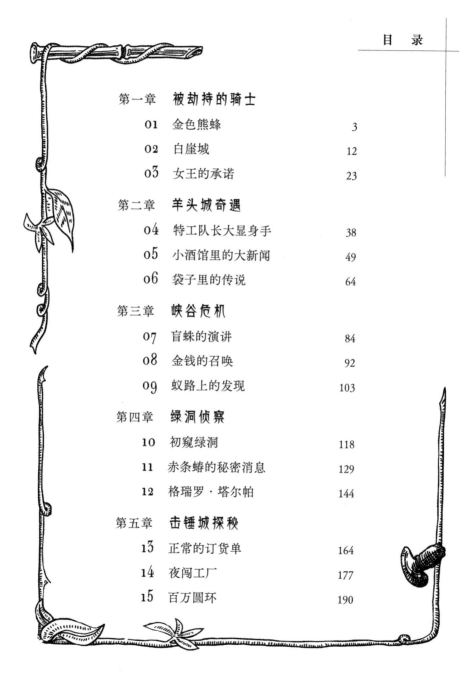

目 录

第一章

被劫持的骑士

01

金色熊蜂

弗里德里希·勒文莫尔是世代显赫的熊蜂骑士家族的后裔。只可惜，唯独他成了家族的落后分子。他不会骑熊蜂，甚至讨厌它们，讨厌到一刻也忍不了。这天傍晚，当一只肥嘟嘟的熊蜂在刺耳的嗡嗡声中落到他的阳台上，并且开始吸食花蜜时，弗里德里希被吓了一跳。

"去！"他一边吆喝，一边挥动手臂，"走开！去！"

但是，熊蜂纹丝不动，继续吸着花蜜。

"我怎么才能把你赶走呢？"弗里德里希嘀咕。那家伙的个头儿比弗里德里希大太多，一点儿都不怕他。弗里德里希的身材可是超级迷你的——这是成为熊蜂骑士的必备前提，就算弗里德里希不想骑熊蜂，也只能是个小不点儿。

弗里德里希一边目不转睛地盯着熊蜂，一边想办法。他盯的时间越长，就越肯定，这只熊蜂身上的条纹不是黄色的，而是金色的！弗里德里希怀疑自己在做梦，于是掐了自己一把。但是，一切照旧，熊蜂还在原处，身上的条纹还是金色的。弗里德里希从来没见过这样的熊蜂。

这时，那只熊蜂抬起头来，用低沉的声音说："你对访客总是这么没礼貌吗？"

弗里德里希倏地向后退了一步，险些跌倒。

"你是弗里德里希·约翰·勒文莫尔，对吗？"熊蜂又问。

弗里德里希点点头。他简直说不出话来了。这一定是一场恶作剧。这声音是哪儿来的？熊蜂绝不可能会说话！

"赫赫有名的熊蜂骑士家族——勒文莫尔家族仅存的后继者，没错吧？"熊蜂接着说。

弗里德里希又点点头。他的脑子乱作一团。也许，有人乔装成熊蜂，想要捉弄自己？可是，那只熊蜂看起来简直和真熊蜂一模一样。这会儿，熊蜂正嗡嗡嗡地扑扇着翅膀，仿佛在做热身运动。不，这不是人假扮的，一定不是！

"我……"弗里德里希清了清嗓子。虽然他对和熊蜂交

朋友没什么兴趣，但是和一只会说话的动物聊天的机会可不多，"我不是熊蜂骑士。没错，我们家族的其他人全都是熊蜂骑士，但我不是。"事实的确如此。弗里德里希的爷爷得过二十三个骑士奖杯，它们至今还放在陈列柜里——每周六，弗里德里希都会把奖杯一个一个擦干净。他其实并不那么想做这件事，但又觉得自己肩负着不得不做的责任。他的曾外祖母曾经是一位熊蜂驯养师，从她的蜂巢里飞出了不计其数的飞行高手；他叔叔的大名传遍了整个熊蜂骑士界，因为他在一场比赛中被自己的熊蜂甩了出去，却在坠落的瞬间完成了三连翻，优雅到无与伦比——可惜，在着陆的时候，他还是摔断了脖子。

"嗯。嗯……嗯，"那只熊蜂晃着脑袋，"你就不想成为熊蜂骑士吗？"

"你这是什么意思？"弗里德里希有些疑惑。

他的访客挤眉弄眼地笑了一下。"喏，你应该知道怎么成为一名熊蜂骑士吧？首先要驯服一只还没有主人的熊蜂，骑在它的背上跟它耗，直到它筋疲力尽，放弃反抗。然后，它就会跟随自己的骑士闯荡天涯。骑士本人还会得到一份骑士证书。"

"是的，我当然知道，"弗里德里希说，"但是我压根儿就不想成为骑士。"

"真的不想？"熊蜂歪着头问。

弗里德里希不得不承认，自己也许想过。在他很小的时候，爸爸第一次把他放在熊蜂的背上，弗里德里希吓得哇哇大叫，拼命扭动。从那时起，他开始讨厌那些家伙。之后，弗里德里希就再也没有骑过一只熊蜂。当亲戚们有些戏谑地问他，对于未来如何打算时，他总是回答："能离熊蜂多远就离多远！"但是暗地里，这个阴影始终悄无声息地啃噬着他的心，就像田鼠啃食树根一样。夜里，他常常瞪着眼睛躺在床上，翻来覆去，不断地问自己，他要怎么做才能证明自己配得上勒文莫尔家族的盛名。也许，他可以做一位著名的发明家？或者诗人？歌唱家？不，这些都免谈。在他的家族里，没有什么事能比驾驭熊蜂更令人钦佩。其他一切尝试都是白费力气。

"大概吧，"于是，弗里德里希斟酌着说，"大概我也想成为一名熊蜂骑士吧。你为什么问这个？"

"那你驯服我吧，"熊蜂给他出主意，"非常容易。我既温顺，又友善。"

弗里德里希的心跳一下子加速了。一只会说话的金色熊蜂！这样的熊蜂独一无二，正在等待他的驯服，成为他的熊蜂！如果他能拥有一只会说话的金色熊蜂，以后就再也没人能嘲笑他了！但是……唉，这样的美事怎么可能发生呢？

"事情一定不会这么简单吧，"他说，"你到底为什么愿

意让我这么做？"

"这样一来，我就可以说自己是被纯正的勒文莫尔家族后裔驯服的。那听起来多棒，对吧？"

"真棒。"弗里德里希小声嘀咕。

"那就来吧。只需要半个小时，你可以毫不费力地驯服我，不骗你。上来！"

"我已经穿上睡衣了。"

熊蜂的眼珠一转："你的外祖父在1740年一举夺得熊蜂信使大赛的冠军，他当时只穿了一条泳裤，上面还沾满了蔷薇果粉。"

"你怎么知道这些？"弗里德里希惊讶地问。

"我只是一个骑士运动的狂热粉丝。上来！"熊蜂说。这次，弗里德里希照做了——尽管他仍对骑熊蜂心有余悸。

然而，骑熊蜂的感觉原来根本没那么糟糕。熊蜂的绒毛软软的，弗里德里希坐得很安稳。

"对了，我是大刺，哲罗姆·大刺①。"熊蜂拍动着翅膀说。话音刚落，他就起飞了，慢慢地向夜空中盘旋上升。这

---

① 熊蜂的姓，德语原文是Brumsel，取自"超级玛丽"系列游戏中一个昆虫角色的名字，本书翻译为"大刺"。不过请注意，雄性熊蜂是没有刺的。

时，弗里德里希突然想起，自己有恐高症。他紧闭着眼睛，努力让自己只想一件事——他驯服了一只金色的熊蜂，人们该多钦佩他啊！

大刺掏了掏系在肚子前面的口袋，递给弗里德里希一顶飞行帽和一副护目镜："给，戴上！"

"为什么？"

大刺开始旋转用铜丝固定在身体两侧的两根小黑管。这些玩意儿是从哪里冒出来的？弗里德里希之前完全没注意到它们的存在。"你会用到它们的。我们马上会像火箭一样蹿出去！"

"你不是说你很容易被驯服吗？"弗里德里希忐忑地说。

"没错，我当时只能那么说。不然，我恐怕很难引你骑上来吧。"在一阵轰鸣声中，两根管子突然被点燃了，后面喷出火焰和烟雾来。熊蜂一下子向着高空冲去，伴着弗里德里希的凄厉尖叫，在夜色中画出一道弧线。

"你想干什么？放我下去！立刻带我返回地面！"弗里德里希一边歇斯底里地咆哮，一边死死地抓着熊蜂的金毛。但是，大刺就像没听见一样。弗里德里希把自己脑子里各种骂人的话、求人的话通通嚷了一遍，直到声嘶力竭。现在，他必须休息一下，想个新办法。

"你的声乐训练结束啦？"大刺的声音从驱动器的轰响中

传来。

弗里德里希气得直发抖，根本不搭理他。

"好啦。深呼吸，冷静一下吧。"

"我只有在知道你到底想干什么之后，才能冷静。"弗里德里希咳嗽着说，"不然，我会一直叫，直到叫不动为止。你怎么可以这样蒙骗人呢？你究竟想对我做什么？"

"我会全部告诉你的。我是奉眉兰②女王之命，特地来劫持你的。她需要一位熊蜂骑士。"

"什么女王？我从来没听说过这个人。"弗里德里希愤愤地说，"况且，这到底是个什么样的女王，竟然还要劫持她的臣民？难道不应该宣召吗？！"

大刺思索了片刻，说："好吧，看来我得从更早的时候说起。你也许好奇我为什么会说话，对吗？因为我来自一个动物都会说话的国家。"

"我们两个中一定有一个疯了。"弗里德里希说，"但我不确定，是你疯了，还是我疯了。或者，我们都疯了。"

"不用担心。"大刺说，"你以后会和我成为亲密的搭

---

② 女王的名字，德语原文是Ophrys，是一种兰花的名字。这种兰花俗称为眉兰或蜂兰，花形酷似蜂后，以此吸引蜜蜂为它传粉。

档；或者可以这么说：你得到了一个最出色的帮手。眉兰女王想让你帮她做一件事。你完成任务后，我会把你送回家的。"

显然，这只熊蜂已经丧失理智了。弗里德里希无奈地晃了晃脑袋，尽量让自己清醒一点儿："如果那位……那位女王要找一位熊蜂骑士，那你可劫错人了。我根本就不是熊蜂骑士，我已经跟你说过了。"

"没关系。我们就做做样子，装作你已经完全驯服了我。我带着你在那个地方老老实实地来回飞一飞。"

"在哪个地方？你到底要带我去哪里？"

"矽卡岩王国。那是一个在你们的地图上找不到的地方。它在无涯海的另一头。"

"但是无涯海无边无际，从来没有人到达过它的另一头，"弗里德里希反驳说，"所以它才叫无涯海啊。"

"哈哈，那只是你的想法。所谓的无涯海只是一个通道。按照科学家们的说法，它应该叫维度通道什么的——我也不清楚它究竟应该叫什么。不管怎么样，有了这两根喷火管，我们就可以轻而易举地穿过去。再过八九个小时，我们就到矽卡岩王国了。更准确地说：是南边，南境。因为北边还有另外一半，叫北境——这名儿真没创意，我知道你肯定也这么想。眉兰女王统治着南境。"

　　弗里德里希的眼睛已经被风吹得开始流泪了。他只好戴上大刺塞给他的飞行帽和护目镜。他几乎相信了这个无厘头的故事。不过，只是几乎而已。一个动物们都会说话的国家？可笑！

02

白崖城

　　一团团云朵从他们身旁飞速闪过。弗里德里希不时能瞥见一片片森林和田野，零星散布在下方很远的地面上。但是，过了没多久，他们下面就只剩下了云层，而上面只有月亮。成百上千个问题在弗里德里希的脑袋里纠缠，每个问题似乎都急需一个答案，搞得他也不知道要先问哪一个。于是，他干脆一声不吭地坐在熊蜂背上，不停地打瞌睡，任由大刺带着他在夜色中越飞越远。

　　终于，地平线上升起了一抹淡红色，他们朝着太阳升起的方向飞去。天空中万里无云，弗里德里希看见了一片平滑如镜

的海，寥寥泛着极小极细的波痕。不一会儿，地平线上渐渐显出一道黑线。他们再往前飞，黑线变成了蜿蜒曲折的海岸线。他们真的来到了无涯海的尽头！

"这是矽卡岩王国吗？"弗里德里希问。

"没错，这就是南境的海岸线。白崖是南境的首都，我要带你去的就是那儿。我们正好可以赶上第二顿早餐。我希望，他们在吃第一顿早餐时给我留了一些。顺便告诉你：我最喜欢吃枫糖浆。要做我的搭档，就要记住这一点。有了枫糖浆，我是很容易被收买的。"

起初，在他们身下的这片土地上，到处都是陡峭的黑色岩石，但是没飞多远就变成了另一番迷人的景象：绿草如茵，阳光洒满山坡，一座座小城在高大的石灰岩和森林间若隐若现。空中到处都是甲虫、蜜蜂和其他……好吧……其他"人"的嗡嗡声。既然这些家伙会说话，就只能称呼他们为"人"了吧。

"我们现在要穿过几片栗树林，"大刺说，"左边，你可以在地平线上看到流淌着冰融水的山脉，山顶积满了白雪。在我们的正下方，你会看见一片湖。你发现什么不同寻常的地方了吗？"

弗里德里希提心吊胆地朝下面瞟去，果真看见了一片清澈的湖水。从高处望去，它就像一汪小水洼。湖里的灰色石头被水流打磨得溜光，躺在深深的湖底依然清晰可见——不像在弗里德里希的家乡：站在没膝的水里，就已经看不到自己的脚了。

"你是指湖水清澈见底吗？"弗里德里希问。

"哪儿有那么简单！再好好看看！水里没有我们的倒影。湖面上既看不到我们，也看不到云彩和天空。"

"啊，是的。真奇怪。"弗里德里希疑惑地说。

"那是瓦尔迷，一种非常奇妙的水。它发源于北境，流经整个南境，形成了很多湖泊。这种水是一种绝佳的催眠剂。不过，只有喝下很多瓦尔迷才能入睡，然后睡不了多久就得醒来去厕所，因为喝得实在太多了。不管怎么说，你们那里没有这种水。它只属于我们这里。女王也会储备一些瓦尔迷，她喜欢在睡前用它沐浴，这样能帮助安眠。身为女王，总不能不停地往厕所跑吧。"

"你到底是什么身份？"弗里德里希问。他才不想知道女王要去多少次厕所。

"我是首都白崖的特工队长。"大剌一边说一边察看地形，"这些金色条纹是特意染的，标示着我的职衔。三道条纹，你看到了吗？——啊哈，我们马上就到了。抓紧，我要关掉驱动器了。"

　　两根喷火管的响声越来越小，直到消失。这时，大刺已经飞过了栗树林。地势开始倾斜，他们眼前出现了一片峡谷。峡谷中间坐落着一座城市，城中高塔林立，看起来像是用白色大理石筑成的。河水在不同城区的交界处潺潺流淌。这里看起来就像一座童话王国。实际上，它不就是童话王国嘛。弗里德里希一再地掐自己，不敢相信自己的确到了这样的地方。

　　大刺飞行在城市上空。他们离大理石塔越近，那些建筑看起来就越漂亮、越洁白、越雄伟。在地势最高的地方矗立着一座宫殿，这样的宫殿本应该只出现在童话书里。一座座尖塔耸入天空，四周飞舞着成群的熊蜂、蜜蜂和亮闪闪的甲虫。尖塔周围环绕着柱廊，小亭子和吊桥点缀其间。吊桥上熙熙攘攘的，一片忙碌。桥下还分布着许多由白色大理石建造的精美建筑。

　　大刺围着最大的尖塔之一盘旋，最后降落在一个位于塔腰的大露台上。在这里，连栏杆都有优美的弧度和精致的装饰。石头铺成的地面踩上去凉丝丝、潮乎乎的。

　　"是他吗？请把他带进来吧。"一个带鼻音的声音从半开的门后传来。弗里德里希还没反应过来，就被大刺一头顶进了门。他一头雾水地朝四面望去，发现自己正站在一间宽敞的大理石浴室里。水蒸气从大理石浴盆中腾起，火光跳跃的壁炉上

方挂着一条毛巾和几件衣服。

"这是要做什么？"弗里德里希问。

"我现在就要离开，你自己洗澡吧。"大刺说，"不过，你动作要快，大家都在大殿里等你。赶快，赶快！"说完，他就从另一个门离开了。

先是坑蒙拐骗，然后又对他呼来喝去！"你这只浑身是毛的肥家伙！"弗里德里希恼火地说，"你等着。等我到了大殿上，我就会……就会告状！"

弗里德里希洗完澡，擦干水，麻利地穿上白色长袖贴身内衣。这些家伙还帮他准备了袜子、靴子和一件到处都是口袋和搭扣的灰色连体衣。

"这是什么衣服？"他疑惑地小声嘀咕，但还是把它穿上了。然后，他走到门口，向外张望。门外已经有侍从在等他了。那是一个戴白色假发的男人，他向弗里德里希鞠了一躬。

"请您跟我来。"侍从毕恭毕敬地说完，带头向前走去。

"为什么要我穿连体衣？"弗里德里希不开心地问。

侍从转过头，看了他一眼，说："什么？噢，您是说这件衣服！在我们这里，这是最常见的全功能服，适合各种飞行员。这件稍微有些旧，您能明白吧，它会让您看起来更可信。"

"更可信？为什么要更可信？"弗里德里希问，"而且，在我们那里，只有小宝宝才会穿这种连体衣！还有这件白色长袖内衣，真是太感谢了，简直丑爆了！"

"我不是很明白您的意思。"侍从应道，看起来完全不关心弗里德里希是不是喜欢连体衣，"这件衣服在远程飞行中非常实用，又暖和又结实。"

弗里德里希对这个地方的反感又增加了一些。他暗下决心，等自己一进大殿，就要狠狠地数落那个劫匪一通！可是，他后来却没能说出口。当通往大殿的白色大门打开时，弗里德里希看见，在大殿尽头的宝座上，坐着一个笑盈盈的年轻姑娘。她长得如此美丽，弗里德里希看得目瞪口呆。

只见她一头金色的长发铺在肩头和后背，一双眼睛就像夏日的海水一样碧蓝。弗里德里希一直以为，"齿若编贝"仅仅是浪漫的文字而已——但是，她的牙齿真的像贝壳一样洁白、光亮。现在，弗里德里希开始笃信，自己一定来到了童话里！

大殿的墙壁上挂着斑斓的彩旗以及国王和女王的肖像油画。画里的两个人神态威严，比真人还大。大臣们穿着色彩不一的华服，按照不同职衔成列地站在宝座周围，在门和宝座之间让出了一条长长的通道。弗里德里希穿行在大臣中，就像在做梦一样。在女王身旁的天鹅绒坐垫上，端坐着哲罗姆·大刺。

"欢迎你，熊蜂骑士。"女王对弗里德里希说。她的声音就像春雨一样绵柔。

弗里德里希感觉浑身燥热，他还从来没和王室成员说过话，对适当的礼节也一无所知。于是，他赶紧向女王鞠了一躬，希望自己不要太失礼。

女王向前探了探身，说："好了，我的英雄，我希望这趟旅程没有累坏你。我叫眉兰，统治着白崖和整个南境。"

"我很荣幸。"弗里德里希底气不足地说。

"你一定很想知道，我为什么这么煞费周章地命大刺带你来到这里，"眉兰接着说，"原因就是：南境需要你的帮助。"

"为什么？怎么帮？"弗里德里希问，努力不让自己的怨气消失殆尽。

"在这个时代，人们需要英雄，"眉兰温柔地笑着说，"我们需要一位熊蜂骑士，而且不能随便找一个。我们只要最出色的那个。"

"万分抱歉，女王陛下，"弗里德里希结结巴巴地说，"只是，这里有个误会。虽然我的家族中有一些著名的熊蜂骑士，可是我并不是熊蜂骑士。"

眉兰哈哈大笑，声音清脆得像小溪的流水声："虽然你的确应该谦虚一下，但是也不需要妄自菲薄！"大臣们也跟着笑起来，只是没女王笑得那么响亮。

笑声渐渐平息后，女王突然正色说："你是弗里德里希·约翰·勒文莫尔。世代以来，你的家族一直赫赫有名，甚至连无涯海都阻挡不了盛名的远播！你是这个最著名的熊蜂骑士家族的唯一后代，南境需要你这样的强手，去对抗一股来路不明的危险势力。这股势力正在北境蠢蠢欲动。"

弗里德里希对来路不明的危险势力兴趣寥寥，他鼓起勇气说："这不是谦虚，而是事实。我只希望，您能派人送我回家，拜托了。"

听到这儿，眉兰向前微倾了一下身体，大臣们则同时全都不动声色地朝别处看去。女王压低了声音说："要么你照我说的做，要么我真会送你回老家，不过会分成十份，懂了吗？"

弗里德里希一开始还以为自己听错了。接着，他转念一想，眉兰这样的身份大概平时习惯了呼风唤雨。对这样的人，最好以退为进，先表现得言听计从，然后再想办法离开。不管她想找熊蜂骑士做什么，他都可以答应——但绝不会去做。于是，他小心翼翼地试探着问："我能为您做些什么呢？"

眉兰满意地向后靠了靠。一眨眼的工夫，她又恢复了迷人的样子，而且似乎更加美丽动人。"你要知道，我的家族从很早之前就一直统治着南境。南境北面的边界是牙山山脉，山

脉以北属于北境，那是一片没有人统治、没有道德、没有法律的蛮荒之地。也正因如此，我通常都是以预言来判断北境的动向，从而进行应对。"

"预言？"弗里德里希感觉有些疑惑。他嘴上虽然没有再说什么，但是心里觉得那并不靠谱。

"在无涯海的这边，在我们这里，有很多你们那里没有的事情，"眉兰毫不避讳地说，"魔法就是其中之一。如果我们能够善用，它就是极其强大的工具。预言师隶属于国王的智囊团。我的预言师们每周向我汇报最新信息，这些信息对我管理国家起着重要的作用。最近，预言师们反复跟我说起他们的梦。在梦中，南境即将陷入危难，而危险正是来自北境。一些预言师甚至预言了杀戮、阴谋和背叛。对此，我不能掉以轻心。如果威胁正在北境蠢蠢欲动，无论是谁的阴谋，无论是什么阴谋，我们都必须做好准备。"

弗里德里希听完这些，简直不寒而栗。这一派的女王想把他大卸十块，分成十份送回家，而另一派似乎更加不可理喻。这里难道就没有一个友善的人吗？

眉兰接着说："大刺是我最信任的大臣之一，也是南境最出色的密探。即使这样，他也不能独自潜入北境。所以，他需要一个帮手。我把这个任务交给你，弗里德里希·勒文莫尔。

我们必须搞清楚：北境隐藏着什么计划？谁在背后操纵？他们组建了什么样的军队？这极有可能关系着整个王国的命运！"

弗里德里希一言不发地站在原地，大臣中爆发出热烈的掌声。眉兰笑得像阳光般灿烂，看起来天真无邪。然后，她挥挥手，掌声立刻停止了。

"今天午饭前，你们两位就启程吧，"她下令道，"一切都准备好了。你们出发时，我们会为你们送行助威！"

"噢！"弗里德里希说。他没再回绝，反正眉兰无论如何都会置若罔闻。他觉得自己一定能想到办法，从这个毫无待客之道的地方全身而退。

"现在就去养精蓄锐吧。"眉兰一边说一边站起身来，这表示他们可以离开了。眉兰挥挥手，大刺从天鹅绒坐垫上站起来，把弗里德里希拉在身后，穿过大臣们的队列，从门口走了出去。

03
女 王 的 承 诺

一来到外面，弗里德里希就开始抱怨个不停。大刺也不理他，只顾拉着他一路穿过挂满织花壁毯的走廊。

"我知道，这一切的确令人恼火，"他说，"但是，眉兰从来不会改变决定。你知道吗？我个人不怎么看好预言师。我也并不相信危险就要来了。眉兰却坚信这一点。"

"我能帮什么忙呢？"弗里德里希大声嚷嚷道，"我要回家！"

"先来吃顿早餐吧。"大刺心平气和地说，"但愿你的嘴被塞满后，你就不会再吵来吵去了。"

"难道我不该吵吗？！"弗里德里希恼火地说，"我可是被劫持了！"

"我没说你不该吵。"大剌语气轻快地说，"我只是听得头疼。他们已经在饭厅等我们了。"

他们越往走廊深处走，墙上挂的壁毯越少。不知道从什么时候起，大理石墙壁变成了糙石墙，迎面遇到的仆从和工匠越来越多。接连走过几处隐蔽的走廊，他们最后来到了一个大厅。几十个厨工正在那里跑前跑后的，忙着把蔬菜一一切好，丢进汤锅里搅拌。弗里德里希和大剌的周围摆满了各种煮着沸汤的锅、装土豆皮的提桶和正在铁钎上旋转的烤肉。这时，一个令他不安的念头从弗里德里希的脑子里闪过：如果这里的一切生物都会说话，那么烤着的肉又是谁的肉呢？

弗里德里希和大剌刚一进门，立刻有一只小青蛙跳过来给他们带路。厨房的尽头有几个宽敞的弧形壁洞，里面摆放着饭桌和长椅。一张桌子上已经放好了盘子、果汁和牛奶。

"请用餐，"小青蛙说，"如果两位还有什么需要，请告诉我。"

"非常感谢！"大剌一边热情地答话，一边迫不及待地把口器伸进一个装枫糖浆的小罐。弗里德里希有些拘谨地跟在他后面，一脸不解地看着桌上的饭菜。

"尽情享用吧。很快，我们会很长时间吃不到像样的早餐了，"大刺劝他说，"我们要去的是一片蛮荒之地。"

"我要回家。"弗里德里希说。

"那可不容易。"大刺为难地说，"我也不知道眉兰为什么一定要你和我一起去。但是，我并不认为这是一个好主意。"

"嘿，我们总算能有一点达成共识了。"弗里德里希说，"你们怎么会知道我们家族？如果说，除了你和你的小火箭，从来没有人渡过无涯海，我们家族的盛名又怎么会传到无涯海的这一头？"

大刺正忙着胡吃海塞，闻言只得先把嘴巴腾出来，说："好吧，你也许会觉得好笑。大约在二十年前，一艘船被冲到了南境的海边。船上空无一人——那些可怜的人也许已经全部溺水了，但是，整艘船却装满了书，一共有大概两千册《熊蜂骑术——高贵的运动与向上的精神》。"

"天哪，"弗里德里希说，"这本书是我爷爷写的。"

大刺美滋滋地品尝了一口他的枫糖浆："你可以想象一下接下来发生了什么——还没等那些书页晾干，大家就争相阅读。结果，狂热的崇拜随之而来，书被重印了一次又一次。很多弱不禁风的贵族孩子被硬生生送去练习熊蜂骑术，因为这项运动能够塑造品格、锤炼意志。"

"倘若我爷爷知道了，他一定很开心。"弗里德里希愤愤不平地说。

"当然，"大刺继续说，"大家很快发现，那艘船和我们这里的船不一样，而且，无论是作者还是出版社，都从来没在矽卡岩王国出现过。于是，大家得出了唯一还算合理的结论：这艘船来自无涯海的另一头。不过，眉兰并没有就此满意。她让大臣们无论如何都要想办法渡过无涯海，而且后来他们也果真做到了。你不会知道，为了设法把你带到这里来，我们费了多少心思！幸运的是，那本书的前面印着联系地址和作者给孙子弗里德里希·约翰·勒文莫尔的献词。所以，我就找到你了。现在，吃饭吧！"

弗里德里希叹了口气，开始吃饭。早餐看起来还真不错，新烤的面包、果酱、水果丁和蜂蜜。"眉兰到底想要什么呢？我们能为她做什么？"他问。

"查明北境的计划。"大刺耸了耸关节，"然后，我们还要搞清楚他们会怎么做。我们吃完早餐后还要再去见她，她会更详细地告诉我们要做什么。"

"噢。"弗里德里希说。一想到还会近距离地看到眉兰，他竟然还有些隐隐的期待。

大刺盯着他，仿佛已经看透了他的心思。不过很快，他又

若无其事地自顾自喝起枫糖浆来。

吃完早餐，大刺坚持要再去偷一块蜂蜜蛋糕。

"如果你好好说，他们一定会直接给你。"弗里德里希劝他。

"这不是重点。"哲罗姆·大刺告诉弗里德里希，说完，他就开始行动了。装蜂蜜蛋糕的托盘和碗就放在厨房中央的一张大桌子上。大刺慢慢朝着那个方向爬过去，厨师们似乎完全没有注意到他。然后，他抬起一条腿，迅速从桌子上拉过一个托盘，平稳地移到头顶上。

就在这时，他被发现了。

"赫伯特！"一个女人尖叫道，"他又来这一招！"

"别动蜂蜜蛋糕！那不是给您的！"一个家伙大吼。厨工们纷纷从四处赶来阻止大刺。但是，大刺已经朝出口冲去了。弗里德里希紧跟在他后面——出于某种无法解释的理由，他觉得自己必须跟着一起逃。

大刺一个跪地，嗖地滑到门口，大声喊："弗里德里希！撤退！"话音未落，他已经振翅飞了出去。弗里德里希踉踉跄跄地冲出门，还回身看了一眼——多亏了这一眼：一个大汤碗正朝他飞来，他赶紧闪身避开。弗里德里希不知就里地跟着大刺一路狂奔。一连绕过几个拐角后，大刺哈哈大笑着落在地上，把托盘递向弗里德里希。

"哈哈！给，我们装好，以后吃！"

弗里德里希一脸不悦地接过托盘："你是特工队长，为什么还非要偷吃的呢？"

"啊，我可不是非要偷吃的。我只是想练练身手，以防万一。那些厨师是不会明白的。你要不要再来一些枫糖浆，和蛋糕一起吃？不要吗？好吧，千万别跟自己过不去。"大刺辨认了一下路，开始往大殿走。

"难道眉兰不能找一个自己的亲信去完成这个重任吗？"紧跟在他后面的弗里德里希问，"代替我的人？"

"你其实完全是一个菜鸟，但是……"大刺抬起一条腿在弗里德里希的眼前晃了晃，"你是勒文莫尔家族的人。你拥有这个家族的纯正血统。这非同凡响。女王喜欢这样。"

"这简直荒唐透顶！我们最后只会一败涂地！你就不能劝劝她吗？"

大刺连连耸着关节："不。眉兰只要认定了一件事，九头牛也拉不回来。她向来说一不二。也许她有一个我们还一无所知的计划。"

弗里德里希从一扇高大的窗户探出身去。外面，天气温暖，阳光明媚。城市的上空到处都是嗡嗡起舞的熊蜂、蜜蜂和

甲虫。他朝下望去，看到大伙儿像小蚂蚁一样在街道上来来往往（当然，其中有一些是真正的小蚂蚁）。弗里德里希在上面都能听见他们的声音。难以相信，危险正在迫近。

"再过二十分钟，我们就要正式启程了。"大刺说着，推开了大殿的门，同时压低声音提醒弗里德里希，"注意言行。"

"我们走着瞧吧。"弗里德里希说。

当他们再次回到大殿时，大臣们已经离开了。殿堂里一片寂静，只有眉兰独自坐在宝座上，正在读一本小小的书。眉兰发现弗里德里希和大刺进来后，立刻合上书，郑重地看着他们。"你一定很好奇，我现在还要告诉你些什么，"她说，"还有，为什么不能让其他大臣知道这些事。"

还没等走到宝座近前，弗里德里希便开口说："我恐怕还需要知道大约一百件你必须要说的事。不过，你在二十分钟里说得完吗？"

大刺狠狠地踩了他一脚。

眉兰完全不理会弗里德里希的出言不逊。她站起身，向弗里德里希鞠了一躬，弗里德里希瞬间对她怨气全无。"你得知道，我非常确定，白崖即将面临一场战争。我们早就怀疑北境有所图谋，但是还需要知道更确切的信息，才能采取有力的行动保卫白崖。"

　　弗里德里希挠了挠头，他的火气已经烟消云散："如果这件事这么重要，您为什么要派我去？"

　　眉兰定定地看着弗里德里希，眼睛里闪烁着期待的光芒。弗里德里希觉得身上忽冷忽热的。"我相信，你不会让我失望。"她温和地说，"我有预感，你就是完成这个任务的绝佳人选。"

　　"我？"弗里德里希小声嘀咕，"好吧，如果您说……"

　　"请向上看。"眉兰指了指墙壁上悬挂着的长长一排画像，画上有国王们、女王们、武士们和国师们，"他们以前都是白崖的统治者。几百年来，是他们一代接一代地守卫着这座城市。我不会让他们失望。只要我还在位，就绝不会把白崖拱手让给敌人。"说完，眉兰转过身，指了指挂在宝座正上方的画像。这幅画像巨大无比，大约是普通人身高的三倍。画的主角是一位女子，她身穿银色的铠甲，从头到脚全副武装；双手握着剑柄，剑尖戳在两脚间的地面上；金色的长发飘扬在空中，脸色苍白却神情坚毅。

　　"格伦希尔德大帝，"眉兰说，"是我的一位祖先。很久以前，她曾经全力守卫白崖。当时，四个冰雪巨人进犯矽卡岩王国全境。格伦希尔德奋勇迎战，一举歼灭了他们。"

　　弗里德里希咽了一口唾沫。格伦希尔德大帝身上的某种力

量让他起了一身鸡皮疙瘩——她并不让人恐惧，但是有一种不怒自威的气势。哪怕只是看着她的画像，人们都会觉得自己渺小至极。

"所以，如果形势需要，我也会像格伦希尔德一样守卫白崖。"眉兰说完干笑了几声，"一旦无路可退，我会拿出珍藏在武器库的格伦希尔德的铠甲，披挂上阵，带领军队，和来自北境的入侵者决一死战。"

弗里德里希不由得微微颤抖。他脱口而出："它一定很配您，那身铠甲。"

"当然，它很合身。"眉兰不假思索地说，"大刺会在路上把我们这里的一切都告诉你。如果你们两个能活着回来，并且给我带来可靠的情报，我们是不会亏待你们的。我和我的国家会永远铭记这份恩情，而且会重重地奖赏你们。"

这时，一个白日梦般的念头一闪而过，弗里德里希的脑海中蹿出一个小小的声音：也许这份奖赏会是女王自己，就像童话里常见的那样！但是，他很快警告自己别犯傻。像眉兰这样的女王，永远都不可能喜欢上一个熊蜂骑士！

"我会全力以赴。"他听见自己说。

眉兰转过身面对着他，她的笑容像太阳一样灿烂："我就想听这句话。十四天后，我等你们的好消息。我们已经没有更多时间了。我将和大臣们在边境的城堡恭候你们。那么，现在，我的英雄们，我们一起前往起飞台吧。大家已经在那里等着了。我几天前就下令将一切准备好了，一定要风风光光地为你们送行！"

女王带着他们走过一段长长的螺旋楼梯，再穿过一扇门，最后来到一个宽敞、华丽的露台。露台就在宫殿庭院的上方，比墙壁凸出一大截，几十位大臣正站在那里。弗里德里希向下望去，看见地面上万头攒动。居民们全都身着正装，在城市的街巷中涌动。那些会飞的家伙们显然从容得多：熊蜂、胡蜂、甲虫和蝴蝶在街道上空一边飞一边张望。到处都是翅膀摩擦的嗡嗡声和说话声，大家甚至连自己的声音都听不见了。

眉兰走到护栏前，居民们立刻沸腾起来。当然，不是每一位都能看得见女王。但是，即便有些看不见，也跟着一起尖叫。

"白崖的居民们，"眉兰大声宣告，"今天，熊蜂骑士和金色熊蜂将从这里出发，去完成他们的使命！祝愿他们为我们带来好运！"

大臣们中间爆发出热烈的掌声。眉兰不耐烦地挥了挥手，掌声戛然而止。弗里德里希把这一幕看在眼里。虽然现在阳光和煦，但他却觉出了一丝寒意。这些身着五彩锦衣的朝臣们无

不在眉兰女王的示意下发笑、鼓掌或者故意转移视线，这让他很不安。

有人在大刺的背上放了一只口袋，另一个人塞给弗里德里希一个背包。弗里德里希还没准备背上它，胳膊却一下子被套进了背带里。弗里德里希简直像在梦里一样。紧接着，他被推上了大刺的后背。

"好了，我的英雄们，"眉兰看着大刺从她旁边爬到所有居民都能看到的地方，高声说，"现在，带上你们女王所有的美好祝愿，起飞吧！"

大刺行了一个礼，开始抖动翅膀，眨眼的工夫就升到空中，离开宫殿，飞到了城市上方。欢呼声从下方潮涌而来，弗里德里希却闭上了眼睛，努力让自己不去注意这令人发窘的景象。这真应了他之前听过的一个说法：女人们可以想方设法，让一个人去做他根本不想做的事。

"我们能不飞这么高吗？"弗里德里希问，因为这时他确定从宫殿那边望过来已经看不到他们了。

大刺飞低了一点儿。"我们的女王，她的确像一杯美酒，对吗？"他说。

"呃，什么？"大刺真是哪壶不开提哪壶，弗里德里希决定装傻。

"眉兰。你的眼睛根本就没离开过她。不过，谁都会这样。"大剌咧嘴一笑，"我也一样，虽然她不是熊蜂。她本来应该完全不是我喜欢的类型，粉白的皮肤、两只胳膊、两条腿、金黄色的头发……可是，有时你会冷不丁发现，自己一不小心就做起了白日梦。"

"哦。"弗里德里希说。

真要命，大剌看穿了他的心思。而这个"熊蜂飞行器"关于他的八卦话题，弗里德里希是连半个字都不想多说。

"当然，谁都知道，白日梦永远不会成真。但是，她的确非常迷人，这一点无可非议。如果在这个世界上，果真有一个美得令任何人都无法抗拒的姑娘，那就是眉兰，不是吗？"

弗里德里希一言不发。

过了一会儿，大剌又说："看看口袋里有什么吧。"

弗里德里希打开背包，把手伸进去翻了翻："两小块面包、一根橡胶水管和一个金属瓶……还有……哦，防风打火机、笔记本、平底锅、电源线和一把带鞘的刀，让我看看……天哪！"弗里德里希险些把刀扔出去。这把刀的刀刃是怪异的锯齿状，几乎和弗里德里希的小臂一样长，看起来很吓人。

"哈哈，很实用嘛，"大剌说，"我一直想要一下这样的东西，只可惜我没有手指。"

弗里德里希小心翼翼地把刀重新收好，继续说："这里还有一块布和一双手套。还有两条手帕——这也太贴心了吧？那些家伙虽然用这些东西就把我打发上了九死一生的旅程，但是好在我还能擤鼻涕！——我们到底要飞到哪儿去？"

"我们必须先越过牙山，"大剌说，"然后露天打个盹儿。你会喜欢的！"

"我可不这么认为。"弗里德里希说。大剌的话听起来就像在鼓励一个犟头犟脑的毛头小子。然而，弗里德里希并不喜欢这样。

"像你这样的年轻人都喜欢……"大剌兴致勃勃地说，"冒险什么的！"

"你喜欢，对吧？"弗里德里希用挖苦的语气问，因为他想起，就在不久前，大剌还舒服地坐在天鹅绒坐垫上，也在深情地看着他的女王。

大剌回头抛给弗里德里希一个得意的眼神，说："不。但是我擅长许多事，即便是我不喜欢的事。"

第二章

羊头城奇遇

04
特工队长大显身手

　　他们飞了差不多整整一天，只在中午吃了一些冷餐，下午挤时间用一点儿小吃填了填肚子。天色慢慢暗下来，寒意渐浓。下方幽暗的山崖线条越来越缓，变成了布满碎石、开满欧石楠的荒山野岭。他们越过牙山的最高峰，开始向下飞，准备着陆。"今天晚上，我们找一个舒服的山崖，生一堆火过夜。如果一切顺利，明天晚上我们就能到达羊头城。那时我们就又能睡在像样的床上了。"说着，大刺降落在一座山崖下——虽然那里怎么看都不像是舒服的地方。他们坐下来吃晚餐。

　　至少，这里有足够的木头和松针生火。当他们坐在火堆旁

取暖时，远远地望见最后一缕红色的光线消失在地平线上。

"如果我们接下来要配合默契，就得多少了解一下彼此，"大刺先开口说，"跟我说说你。"

"要我说什么？"弗里德里希闷闷不乐地说，"我不会骑熊蜂，也不怎么喜欢熊蜂。"

"不，不，说说你自己，"大刺打断了他，"不必说你没做什么。说说你做过什么、你喜欢些什么。"

弗里德里希没吭声。他现在没兴致聊天。

"你喜欢跳舞吗？"大刺又没话找话道，"玩过硬地滚球吗？没有？我也没玩过，我拿不了球，因为我没长手指。"

弗里德里希还是没有接话。

"你对什么东西过敏吗？你最喜欢吃什么？如果我们现在发现一条蚯蚓，你会开心，还是不开心？"

"这都是些什么无聊的问题？"弗里德里希小声嘀咕。

"来，我先给你做一下示范，"大刺继续劲头十足地喋喋不休，"就像这样：我叫哲罗姆·大刺。我最喜欢吃枫树糖浆。我现在虽然是一个单身汉，但我其实希望能找到一位温柔的蜂后，拥有一整窝的熊蜂宝宝。这份工作实在太忙了。但是，总有一天，等我清闲一些时，我一定要找一位蜂后。"

"你又不是蜂王，怎么还想找蜂后？"弗里德里希酸声酸气地问，"简直是痴心妄想。"

大刺睁大眼睛，诧异地看着弗里德里希："哪里有蜂王啊，只有蜂后。只有蜂后可以生育后代，而雌性工蜂会永远单身下去。所以，我需要一位蜂后，你明白了吗？看来，你还真是不怎么了解熊蜂。"

"不明白。"

"那也没关系，你不用在这方面费脑筋。你只需要知道一点：我最喜欢吃枫树糖浆。这相当重要。"

"我以前总会问自己，为什么熊蜂能不停地吃花蜜和蜂蜜，却又不生病呢？"弗里德里希若有所思地说，"我小时候常常想方设法和妈妈要糖果，而她总会说'你不能老吃甜食，你又不是熊蜂！'"

"对，飞行特别耗力气，"大刺说，"我要来回扇动两对翅膀，速度太快，所以你根本看不清。这让我的卡路里疯狂地燃烧。所以我一定得不停地吃糖，无论喜欢还是不喜欢。"

"噢，那现在你岂不是很难受？"

"悲惨呀！"大刺说着还哆嗦了一下。话音未落，身旁就响起了哼哼的冷笑声。

一阵尴尬的沉默。

随后，弗里德里希站起身来。"我要活动活动腿脚。"他

说，"一直骑熊蜂，我已经僵硬到要抽筋了。"

"别走太远！"大剌在他身后大声喊，"你别身在福中不知福！"

弗里德里希从岩石向下爬，来到长满欧石楠的山坡上，在灌木丛中费劲地探着路。他已经疲惫不堪，但还有个主意值得一试：找到一个能正常交流的对象。

"这里总会有正常的吧，"他自言自语地嘀咕道，"这个王国里净是胡言乱语的熊蜂、被神化的女王和像从一个模子里刻出来的大臣们，这简直糟透了！"

如果现实真能像他说的那样就好了。他出发还没五分钟，正在一边走一边发牢骚，想办法逃跑，突然就感觉胸口猛地被什么东西抵住了，再也不能向前挪动一步。

"哎哟，是什么……"他低头朝下看去。千不该万不该，他竟然还伸手摸了一下胸口，结果手也动不了了。弗里德里希的胸口粘了一根蜘蛛丝，他的手就粘在蜘蛛丝上，怎么也拿不下来。"天哪！"弗里德里希气恼地说。不过他很快想起，蜘蛛丝通常不会只有一根。他抬眼一看，那股怒火一下子变成了冰冷的恐惧：就在他的头顶，蜘蛛丝密布，完美地交织在一起，搭成了一张松垂的网。在夜色中，这张网很难被发现。

弗里德里希使劲拉扯那根拦住他去路的蜘蛛丝。"啊呀……啊呀……大刺？大刺！我可能需要一点儿帮助……"大刺能听见他的叫声吗？弗里德里希已经离岩石太远了。

在他的身后，不知是什么东西拍打在石头上，发出啪啪的声音。弗里德里希努力向后扭转身体："大刺？"

"再猜猜，再猜猜。"一个软软的声音说。弗里德里希顿时毛骨悚然。蜘蛛很危险，他很清楚这一点。虽然这只蜘蛛会说话，但是她可能因此不吃自己吗？

蜘蛛围着他走来走去，弗里德里希终于可以清楚地看到她了。如果说，他之前觉得，自己这辈子恐怕再也不会遇到更倒霉的事了，那么现在，弗里德里希不得不承认，自己错了。

这只蜘蛛简直是一个庞然大物。她比弗里德里希高，还长着八条毛茸茸的长腿。四只长在头前方的眼睛好奇地打量着猎物，两只长在头顶上的眼睛却好像在朝上看。

弗里德里希暗自叮嘱自己一定要冷静。他轻咳了一声，故作镇定地说："抱歉，我不小心掉进了您的网里。"

"是呀，我看见了。"蜘蛛盯着他说。

"我真的只是不小心。"弗里德里希又说了一遍。

"哈，没关系。我很期待有人来！"蜘蛛说。

生死攸关的时刻到了。弗里德里希又咳了一下："那……您可以帮我从网里出来吗？"

蜘蛛摇了摇头，像踩高跷一样僵硬地晃到弗里德里希眼前，开始从后腹部的丝腺往外拉新丝："今天不行。"

"呃！"弗里德里希脱口而出。他的心跳就像擂鼓一样，但他还是尽力让自己保持冷静，"停下！我可不想被从你屁股里出来的那些玩意儿缠住！"

蜘蛛冷笑一声，轻轻哼唱着，直接把那根丝结结实实地粘在了弗里德里希的背上。然后，她开始绕着弗里德里希转圈跑，把他当纱锭一样用丝缠了起来。

"喂！"弗里德里希叫起来。现在，他真希望自己昨天夜里没有嘶吼个不停，因为这会儿他的嗓子已经哑了，"救命！救命——救命——"

"您还是别叫了吧，"蜘蛛乐呵呵地说，"不会太久了。"说完，她掐断连在弗里德里希和网之间的丝，用前腿把弗里德里希举到了空中。

这时，一声轻咳传来——"喀！"

蜘蛛转过身。大刺正站在两丛欧石楠间。和蜘蛛比起来，他看起来实在小巧至极。

"这个年轻人归我。"他说。

"不好意思，他在我的网里，"蜘蛛拒绝了，"这是私人领地。"

"我非要不可。"大刺毫不让步。

蜘蛛歪起脑袋："就凭你？一只雄蜂？你连刺都没有呢！"

大刺耸了耸关节。

"那么你这是在——哈哈——向我挑战喽？"

"当然。"大刺说。

"好吧，看来今天晚上我会有双份美食了。"蜘蛛说着，把弗里德里希放在了地上。

说时迟，那时快，蜘蛛一跃而起。弗里德里希就像在看一组慢镜头：只见她用八条腿猛蹬了一下地面，飞身跃过弗里德里希的头顶，直奔大刺站着的地方——或者最好说，刚才站过的地方。只听嗡的一声，大刺向前弹起，在半空中一头撞上了蜘蛛的肚子。

蜘蛛直接被撞飞回来，落在了弗里德里希旁边。它挣扎着想爬起来，但还没等她站稳，大刺就直接跳到了她的脸上，抬腿给了她一"耳光"。

蜘蛛的几条小细腿颤巍巍地抖个不停，终于再也支撑不住，只能任由整个身子啪的一声栽倒在地。蜘蛛还想再站起来，但是大刺已经一屁股坐在她的身上，扳起她的一条腿，死死地反剪在她的后背上，这个姿势看起来就令蜘蛛痛苦不堪。

"放了他。"大刺命令蜘蛛。

蜘蛛发出恼怒的哼气声，拼尽全力往回抽腿。但是，大刺丝毫没有放松，对她说："我们也许还可以再来一轮，不过我接下来会瞄准眼睛打。怎么样，还来吗？"

蜘蛛极不情愿地爬到弗里德里希身旁，开始用口器钳断蜘蛛丝。

"小心别咬到他！"大刺提醒她。

蜘蛛丝一根根地松开，弗里德里希的胳膊又可以动了。虽然他的衣服上还粘满了黏糊糊的细丝，但是只要费些功夫，就可以把它们清除干净。

"那么，"大刺和气地问，"你知道附近有一家不错的小酒馆吧？"

"嗯？什么？"蜘蛛丈二和尚摸不着头脑，"知道，怎么了？"

"我想给你出个主意——现在就去酒馆吧。在我们明天一早离开前，别再让我看见你。"大刺说完，便放开了蜘蛛的那条腿。

蜘蛛不知所措地稳了稳身形，小声嘀咕："好⋯⋯这也许倒是一个不错的主意⋯⋯反正我现在也不想计较⋯⋯"

说完，她踉踉跄跄地离开了。

弗里德里希望着蜘蛛越爬越远。然后，他就坐在地上，开

始拉扯身上的蜘蛛丝。不过，这活儿简直费劲得要命，因为那些丝又粘在了他的手指上。

大刺伸着脖子，三下五除二拍掉了肩上的脏东西。"我说什么来着？"他咧嘴坏笑道。

现在，弗里德里希开始对大刺心有余悸了。当大刺要拉他起身时，弗里德里希吓了一大跳。

"没事吧？"

"呃……没事。有点儿黏，但是还好。"弗里德里希乖顺地说。

他们一起回到了山崖下，弗里德里希现在觉得这里简直像家里一样亲切又舒适。大刺惬意地一屁股坐在火堆旁："你是不是在想，这只肥嘟嘟的熊蜂原来不止会偷蜂蜜蛋糕。对不对？"

"没有。"弗里德里希实话实说。为了让自己听起来没有那么怯生生的，他又故作轻松地补充说，"所以，你还会些什么？"

大刺耸了耸关节，说："应会尽会。"

虽然弗里德里希看起来还是一副淡定的样子，但他的确深受震撼。身为特工队长的大刺还需要具备哪些技能？乔装打扮？化名行动？破解密信？不管怎么样，他的经历一定不同寻常。

弗里德里希目不转睛地盯着火焰，出了一会儿神。那些旋转的铁钎又闯进了他的脑海。"我想知道，"他终于开口问，"在矽卡岩，你们会吃掉对方吗？还是那只蜘蛛是一个例外？"

"自然法则，"大刺一本正经地回答，"我们不谈这个。"

"啊哈！"弗里德里希哼哈着应了一声。他就知道会是这个答案。

这天夜里，他平生第一次看着星星入睡。虽然天很冷，但是他盖上那块布就暖和了。而且他觉得，不管怎么样，自己骑熊蜂的本事比想象中长进了一些。

05
小 酒 馆 里 的 大 新 闻

　　第二天早上，弗里德里希一觉醒来，揉揉眼睛。眼前的一幕让他希望自己还在做梦：大剌正在熄灭的火堆里滚来滚去，如果身上有哪处没沾满灰烬，他会仔细地再涂抹一遍。他一边折腾，还一边喃喃自语："噢，圣母玛利亚，你的腿已经让我着魔了……噢，圣母玛利亚，这些腿，你还有六……"

　　"你到底在干什么……请问？"弗里德里希迷惑不解地问。不过，他问得毕恭毕敬。大剌这么做一定有他的道理。

　　"我必须乔装打扮一下，"大剌稀松平常地说，"我要把自己弄黑，这些金色的条纹太显眼了。圣母玛利亚，你的眼睛,你那成百上千只眼——眼——眼——睛……"他又打了一个滚儿,紧接着抖了抖身子。他现在全身都是灰黑色,那些金色的条纹已经消失不见了,"我看起来怎么样?"

"那么我现在还要坐在你身上吗?你这么脏兮兮的。"弗里德里希小心翼翼地问。

大刺转了转眼珠:"不,我也可以坐在你身上。只是我担心,那样我们恐怕会寸步难行!"

"我只有一套衣服,如果它脏了,就只能一直脏着!"弗里德里希嗫嚅着抱怨道。

"那你想怎么样呢?把衣服烧了,直接撂挑子?"大刺学着他的语气反问。

"我想待在家里,悠悠闲闲地给自己涂一块蜂蜜小面包,然后去上班。"弗里德里希说着,把头埋在了膝盖间,"如果能够一切如常,我现在也不会在这里了。我会远离所有熊蜂,包括会说话的熊蜂!"

大刺长叹一口气,满眼嫌弃地看着他:"我真的越来越怀疑这计划根本行不通了。难道你没发现,我也完全不想这样?如果我能说了算,现在这里就只有我自己!你一点儿忙也帮不上,哪怕你想帮。你根本不能胜任这个任务!但是,我却不得不拖着你上路,因为眉兰觉得派一位勒文莫尔家族的成员去完

成这个使命很完美。我本来是整个矽卡岩王国最出色的密探，现在却因为你沦落成了坐骑，见鬼！"

"那你为什么不干脆把我送回家呢？"弗里德里希绝望地嚷嚷。

"因为那是彻头彻尾地抗旨不遵。"大刺阴沉地说。

弗里德里希用手撑着脑袋，又叹了一口气。

"好了，走吧，上来，"大刺嘟哝着说，"反正我们别无选择。咱们一定要闯过这一关，希望我们两个最后都能够毫发无损地回来。"

弗里德里希爬到大刺的背上，觉得心情糟透了。空气冰冷，迎面吹来的风更冷，但这并不是让弗里德里希心情糟糕的原因。过了不知多久，他开口说："大刺？我……嗯……我不是那个意思。我其实是喜欢你的。我只是不喜欢这个地方，也不喜欢这里的人，还有那些不知是否可以称为'人'的家伙。"

大刺没有回答。过了一会儿，他说："是啊，我有时候也不知道，自己是不是真喜欢他们。"

弗里德里希觉得，自己其实还应该感谢一下大刺，毕竟他从蜘蛛嘴里救下了自己。但是，他不知道该怎么说。大恩难言谢。所以，他什么也没说。

临近中午的时候，他们开心了一些，又赶了好长一段路。

等到夜幕降临时，远处出现了羊头城的灯火。弗里德里希数了数灯，觉得羊头城一定不大。

"很多年以前，这里有一头羊被一群狼吃掉了，"大刺说，"只剩下一个羊头。越来越多的蛆虫家族在羊头中安家，还建立了一个城市。所以，这个城市就叫羊头城。从现在开始，你要牢牢记住，我们不能暴露真实身份。我是一只木蜂，你是一个空中信使。明白吗？"

"明白。"弗里德里希说。他好奇地盯着一条条幽暗的巷子。虽然天色已晚，但是路上并非冷冷清清，"我们现在就直接进城打探消息吗？还是有别的计划？"

"对。我们先进城门，然后钻几条巷子，再找一个酒馆，一个可以随意聊天的小酒馆。"大刺在小城上空盘旋了一周，最后选择了在北边降落。那里有一片空旷的大广场，再往前就是城门。游客进进出出，两个看起来脏兮兮的门卫对大多数游客都只是点一下头，不做任何检查。但是，大刺和弗里德里希却被他们拦住了。

"晚上好，你们是谁，来羊头城干什么？"一个门卫问。他嘴里还在嚼着香肠小面包。

"我们是信使。"大刺说，"我们想找一个地方填饱肚子，再过个夜。"

"我还需要知道你们的名字。"偏瘦的门卫一边说，一边掏出笔记本和铅笔，"只是例行公事，请理解！"

"伊格南提乌斯·墨黑。"大刺回答得像子弹出膛一样快。

"您呢？"门卫转向了弗里德里希。

"呃……呃……弗里德里希·勒文……螺纹猫③。"弗里德里希结结巴巴地说，他真希望自己还有时间想一个更好听的名字。

"好了，你们可以过去了。"门卫嘟哝了一声。

弗里德里希有些无地自容。他必须想想下次怎么应急，因为说谎和即兴表演显然不是他的长项。他红着脸，慢吞吞地跟在大刺的身后，一直走到广场喷泉旁才停了下来。

"好啦，现在我们要去哪里弄晚餐呢？"大刺迫不及待地搓着两条前腿问，"我们往左走？往右走？那儿？还是那儿？"

弗里德里希猛地回过神来。

"呃，哪儿都可以，你决定吧。"他小声说。

---

③ 作者在此处玩了一个文字游戏。弗里德里希的姓"勒文莫尔"的德语Löwenmaul原意是一种植物，即金鱼草，又名狮子花、龙头花，让人联想到威武、勇猛的形象，弗里德里希的个性却恰好与此相反。原文中，弗里德里希情急之下脱口而出的化名Hasenfuß原意也是一种植物，即南美蝎蝶菊，在德语中，Hasenfuß这个单词也有"胆小鬼"的意思，正符合弗里德里希的性格。此处改写为汉语中的谐音。

　　大刺快速环顾了一下四周。"你的假名虽然不怎么样，但是先将就用吧。"他压低声音说，"你现在暂时就叫弗里德里希·螺纹猫，身份是空中信使，来自……我们就说，来自燕子堤。如果有人要跟你攀谈关于燕子堤和亲人的事，你就直接岔开话题。不，不，这样更好：你要拒绝谈起自己的过去，因为在燕子堤曾经有一个女人伤透了你的心。你只要表现得忧伤一些，再直勾勾地盯着啤酒。这样就可以了。"

　　弗里德里希几乎忍俊不禁："好吧，你觉得行就行！"

　　他们走进巷子，四处溜达起来。羊头城全部用灰色的石头建造而成，一座座房子看起来又阴暗又粗陋。大多数房子都有好几层，而且越往上越向外突出，所以房子之间高处的外墙几乎紧挨在一起。实际上，弗里德里希甚至看见，住在不同房子顶层的住户在握手或者递东西。这里也有几座起飞塔，但是也都建造得很粗糙。羊头城的一切和白崖的童话城堡简直没有半点儿相似的地方。弗里德里希观察得细致入微，不想放过任何蛛丝马迹。几只蜗牛正在拖着重重的货物和包裹顺着墙往上爬，弗里德里希看得入神，甚至忘了脚下的路。他凑近去瞧，结果被一个圆乎乎的东西绊了一跤。

　　"噢，对不起！"他叫了一声，但是马上又觉得自己太蠢了。因为，四周根本没有一个人。

"没关系啦。"一个细小的声音传来，那个像球一样的圆东西突然升高了。球的下面，站着一只小小的淡黄色蚂蚁。小蚂蚁扛着那球向前一路小跑，就好像那东西没有一点儿分量。这时，弗里德里希猛地发现，一长列黄色蚂蚁正排着队向街道的方向前进，而且每只蚂蚁都扛着一个球。他刚刚不小心撞到的那只蚂蚁向前紧跑几步，重新回到了队伍里。弗里德里希呆站在原地，诧异地挠了挠头。

"别担心，"大刺在后面拍了拍他的肩膀，"看你这个傻样儿，没人会怀疑你的。"

"我也许可以问一下他们，我们去哪儿找吃的。"弗里德里希小声嘀咕。

"如果我没记错的话，南城门附近有一家烧烤店，"大刺说，"那儿的东西味道不错。而且，在那种地方，空中信使也不会太惹眼。"

弗里德里希跟在大刺身后。"看起来，在矽卡岩王国，真的所有动物都会思考、能说话。如果我们那里也跟这里一样，"弗里德里希暗想，"那就再也不得安宁了！"

终于，大刺在一座门脸儿宽大的低矮房子前停住了脚步。断断续续的说话声和餐具的碰撞声穿过一楼歪歪扭扭的窗户，传到外面。房门上方的墙上，刷着大大的三个字：油馆子。即便没有这些字，他们也想都不用想就知道里面会是什么样子。

馆子里到处弥漫着油炸的气味。灯光微弱，空气仿佛凝固了。在用木板分出的小隔间里，食客们围坐在简陋的桌子旁，一个个看起来阴沉沉的。当弗里德里希和大刺走到柜台前时，并没有谁注意到他们。

"来了？"一个头发浓密的胖子在柜台后招呼他们，"你们想来点儿什么？"

"蜂蜜拌花粉丸子，"大刺开始点餐，"炸得脆一些。"

弗里德里希的脑子简直要停滞了，他甚至没意识到自己也需要点些什么。"什么，怎么点？哦，我要……呃，一份炸蔬菜吧！"

"马上就好！"老板说着，把一张写着号码的纸条塞到弗里德里希手里。随后，他又在柜台上放了两杯啤酒。

馆子里这时已经找不到空桌子了。大刺径直走向一间半满的小隔间，指着一张长椅，问："我们能坐下吗？"

"当然，当然。"一只坐得离他们最近的蝗虫一边说，一边很有礼貌地往旁边挪了挪。于是，弗里德里希和大刺坐了下来。趁着等餐的空当，弗里德里希观察了一下围坐在桌子旁的其他食客。除了蝗虫，这里还坐着一只锹甲和一个老妇人。老妇人一直在和那只蝗虫喋喋不休地聊七聊八——

"然后他就说，如果你不喜欢这个，你就自己做炖菜去吧！"

"不是吧！他真的这么说吗？"

"没错，他就是这么说的！于是，我就说，我就对他说，那我就自己做炖菜，你等着瞧。对，我是这么说的。你要是喜欢我的炖菜，你就把狗埋到花园里去。结果普沙先生竟然说，以后别再做邻居了！瞧吧，从生完最小的孩子到现在，他的太太都变成什么样了啊，这个我们不谈也罢！"

弗里德里希不想再听下去了。

"我去四处转转，"大刺在喝啤酒时用微不可闻的声音说，"你留在这儿，好好留意着！"说完，他就起身离开了。

弗里德里希看着大刺的身影消失在烟雾中，叹了口气。现在，这里只剩下他和爱嚼舌根的家伙们了。

"然后，我们家旁边的树上搬来了一只蜱螂，我跟你说，一只蜱螂啊！紧接着很可能还会再来一只小蠹，那可就更糟糕了！不过，我可不是对甲虫有意见啊。"老妇人一边解释，一边怯怯地看了一眼旁边的锹甲。那家伙的个头儿比她大多了。

"那些家伙很可能都是从南境来的。"蝗虫跟着说，"在上星期，我看见了一只金龟子，就在我们羊头城！"

"是啊是啊，这真是越来越糟糕了。不过，我们一直在这儿说呀说呀，"老妇人突然转身对弗里德里希说，"您一定也有很多事可以聊聊吧，年轻人。您从哪里来？"

弗里德里希猛地一惊，慌忙应道："我吗？哦，从北境。从……呃，燕子堤。"

"哦，哦，燕子堤，那离这里非常远，您一定是来这里办公务吧？"蝗虫开始闲聊，"北境有什么新鲜事吗？"

"噢，没什么。"弗里德里希回答。在一双双好奇的眼睛的注视下，弗里德里希把谎话说得顺溜极了，甚至连他自己都乐意听下去，"我已经离开那里很久了。一段令人伤心的爱

情……您知道，我再也不愿回想……所以我很长时间都没有回燕子堤了。"他伤神地盯着啤酒，"我几乎只和我的同伴在空中到处飞，再也不想和地面的生活有一丝瓜葛。"

蝗虫和老妇人发出了同情的唏嘘声。"唉，是啊，爱情，在您这个年龄……但是您一定会再遇到喜欢的人，"蝗虫憧憬道，"您还这么年轻。"

弗里德里希忧伤地叹了口气，直勾勾地盯着啤酒杯。

这时，锹甲也加入了聊天："既然您从遥远的北方而来——那您是不是遇到过白仙？"

"胡伯特，别乱说。"老妇人厉声说。

"怎么是乱说？守护者确有其事，"锹甲笃定地说，"那么白仙也一定是真的。"

"什么白仙？什么守护者？"弗里德里希问。

锹甲瞟了一眼老妇人那张忧心忡忡的脸，"您难道不知道这首歌谣吗？"他开口道：

白仙白仙白似雪，

只有两手如墨黑。

她来无踪去无影，

总在夜里四处听，

似有耳朵墙上钉。

"耳朵墙上钉？"弗里德里希没有答话，而是疑惑地问。

"是的，这只是打个比方，因为她的守护者们会把一切都报告给她。"

弗里德里希看了看墙，仿佛在期待墙上随时会长出一只耳朵来："通过信件还是什么？"

"不，不，"锹甲一边说一边翻了翻眼珠，"一个守护者传给另一个守护者。白仙怎么会有通信地址！这个女人有一千

个名字，寄信就乱套了。"

蝗虫和老妇人显然并不喜欢这个话题。锹甲饶有兴致地看着他们在座位上如坐针毡，动来动去。

"您别再说了，那只是一个故事。"老妇人制止道。

锹甲这时又接过话茬，道："您竟然还不知道这首歌谣？您可能真的很久没有来地面了！守护者们密切注意着北境的所有边界。一旦某处边界遭遇威胁，白仙就会拿出对策，调动军队奔赴战场。"

"这当然也只是一个故事……"蝗虫紧跟着说。

"几年前，一队强盗乘船抵达东海岸，洗劫了那里的村庄。"锹甲压低声音对弗里德里希说，"不到两星期，大量的守护者和农民集结起来，把强盗全部赶走了！"

"只有一小撮愤怒的农民而已。"蝗虫打断了他。

"如果她是一位仙子，为什么不直接施魔法让强盗们消失呢？"弗里德里希也插了一句。

大家都看向弗里德里希，仿佛他问了一个愚蠢至极的问题。

"哈，如果这么简单就好了。"蝗虫说，"看来您太不了解魔法了，年轻人。"

"好了，走，乌泽尔，我们去柜台结账，"老妇人说，"时间已经很晚了。而且，在离边境这么近的地方谈论守护者，这可不是什么好事！"他们离开长椅，晃晃荡荡地走进了酒馆的烟雾中。

弗里德里希看着他们的背影。"为什么谈论守护者会有危险？"他小声问。

"嗯，"锹甲压低声音答道，"现在正是多事之秋。成群结队的士兵正在陆陆续续从山那边过来，羊头城的居民不喜欢他们，当然，我也不喜欢他们。守护者们更是忍不了，所以这段时间以来，这里经常发生一些冲突。百年来，羊头城一直很安宁，我倒想知道这些士兵来干什么呢。"

弗里德里希不知道该怎么回答。于是，他问："有没有什么歌谣，让人听了就能认出守护者呢？"

"没有，他们很神秘。"锹甲说。说话时，他抬起的下颚在灯光中泛着亮光。说罢，他低下头，凑到弗里德里希跟前，小声说了一句，"白仙万岁！"不等弗里德里希反应过来，他就消失在了饭馆的浓烟中。

这时，大刺拿着饭走了过来。

"给，这是你的炸蔬菜，这是我的花粉丸子，好好享用吧。"他哑巴着嘴说。

弗里德里希苦笑了一下。他原本还想和那只锹甲再多聊一会儿，但是现在却只能看着大刺狼吞虎咽淌着油的蜂蜜花粉丸

子了。他扒拉了几下炸蔬菜，问："告诉我，你知道那个什么白仙吗？刚刚坐在这里的甲虫说了一些白仙的事。"

一团花粉从大刺的嘴里喷了出来。"嘘，"他压低声音，含糊地说，"等会儿再说！"

弗里德里希埋头开始吃饭，不由得偷偷笑了。显然，他不费吹灰之力就发现了一些非常有趣的事，甚至连座位都没有离开。

06
袋子里的传说

过了一会儿，当他们再次走进夜色中时，大刺对弗里德里希耳语："怎么可能？我四处打探，却什么也没偷听到；你只在桌子旁坐了一会儿，就听到了这个重磅新闻！"

"也不算什么重磅新闻，"弗里德里希不好意思地客套道，"他们先是问我知不知道白仙，接着又告诉我一些守护者的事情，没别的了。这有什么重要的？"

"这个所谓的白仙，"大刺低声说，"正在北境的某个地方坐镇，耳目遍布四面八方。她从各处招募既能干又对她忠心耿耿的人手，把他们派到边境，向她报告那里的一切动静。

我跟你说过，北境是一个没有政府、没有军队的蛮荒之地。所以，这个女人就自封为北境的安全部部长。这本来没什么，问题在于，她憎恨眉兰。她很有可能利用那些守护者召集军队，进攻白崖。我们必须查清楚。"

"她真的会魔法吗？"弗里德里希好奇地问，"我听说，她有一千个名字。"

"她肯定不会魔法。但是，她的确是一个能干又危险的人物。至于她的一千个名字，呃，我大概只知道五百个。这十来年，我几乎一直在追查她的新计划。我可以告诉你，这差事可不容易。总之，她是一块硬骨头。"

弗里德里希一言不发地跟着大刺走了一段路，终于忍不住开口问："我们现在要去哪儿？"

"书店，"大刺回答，"在我们找到住处之前，你得补一点儿历史：格伦希尔德大帝和冰雪巨人的故事。"

"什么，我今天晚上还要读书？"弗里德里希问。他可一点儿都不喜欢这个建议。

"不，你要读袋子。"

"什么袋子？"

"袋子里的传说。你不知道这个吗？"

"不知道。反正我的感觉是，今天所有人都在说一些不着边际的话。"

"哈，你很快就能看到了，我们已经到了。"正当弗里德里希要从一个写着"书虫：老店新书"的招牌旁走过时，大剌一把拽住了他的胳膊。

弗里德里希觉得，这家书店看起来和一般书店没什么两样。大剌径直走到前台，对站在后面的女店员（一只知了）说："这个年轻人需要几克格伦希尔德大帝的故事，缩减版的，您这里有吗？"

"抱歉，现在只有全文版的袋子，"知了回答，"没有缩减版，只有原始的诗体版本。"

"好吧，那我们就要它吧，等不及了。"大剌把一枚钱币放在柜台上。女店员把手伸进书架，递给大剌一个用火漆印封口的棕色纸袋。

"给，拿着。"大剌一边说，一边转手把袋子递给了弗里德里希。

弗里德里希晃了晃袋子，感觉里面是些锯末一样的东西。"我现在用它干什么？我该怎么读？"他问。

"您只需要把东西倒出来，"女店员热心地说，"您就直接倒在柜台上吧。"

"什么，倒出来？"弗里德里希问，"像这样？"他打开袋子的一角，把里面的东西撒出来一些。令人难以置信的事情发生了：那些银色的粉末开始在木板上迅速滑动，就像被一阵风吹动一样，并且很快排成了一个个字母。

"格伦希尔德大帝和四个冰雪巨人的故事。"弗里德里希惊讶地读道。

"把它倒空就可以读了。读完后，您拍拍手就好了。"知了一边说，一边举起两条前腿拍了拍。不等掌声停下，那些粉末就旋转着飞到空中，眨眼间又钻回了袋子里，外面一丁点儿也不剩了。

弗里德里希已经看得目瞪口呆："这是什么？魔法？"

"对。"知了说。看到弗里德里希惊讶的表情，她很开心，"袋子里的传说。这个袋子可比书轻多了！"

"没错。"弗里德里希此时已无话可说。他刚把袋子重新封好，就被大刺拖走了。女店员还正在他们身后大声说："尽情享受袋子里的传说故事吧！"

夜里，他们住在了一座五层圆塔的顶层，窗外风声呼啸。房间的一面墙上挖出了一个壁洞，里面铺着被褥；另一面墙上凿出了一个深洞，洞壁四周涂满蜂蜡。隔壁传来了醉鬼的歌声、吵嚷声和鼾声。这并不是弗里德里希原本期待过夜的地方。

"相信我，这绝对是空中信使的最佳投宿点。而且，这里很舒适！"大刺兴奋地说，"我要睡在墙上的洞里。"说完，他一头蜷缩进洞里，不一会儿就发出了轻轻的鼾声。

弗里德里希坐在地上，从口袋中掏出他的传说袋子。他迫不及待地往木地板上倒了细细的一条粉末。粉末重新变幻成字母，弗里德里希开始读起来。

《格伦希尔德大帝和四个冰雪巨人的故事》

故事是这样的：

在牙山以南和牙山以北，

一直以来既没有天灾也没有人祸。

矽卡岩王国的所有生灵，

一边幸福地生活，

一边感恩命运让他们得以在这里安家。

牙山以北生活着天性自由的居民，

那里原始又荒芜，民风粗犷却不乏热诚；

牙山以南物产丰饶，

永远洋溢着欢声笑语。

两个地区同属一个女王的统治，

她是人们见过的最伟大、最著名的战神。

在她创下一次又一次奇迹般的战功后，

牙山以南的居民推选她为女王，

尊称她为格伦希尔德大帝。

任何敌人见到她，

都会胆战心惊；

任何人面对她都会立刻发现，

她是多么强悍英勇。

她和十二位勇士比赛喝酒，

喝得所有对手最后全部醉倒在桌下。

从南海岸线到冰川地带，

一切尽在她的英明统治之下。

有了她和谋士们的庇护，

牙山以南的居民生活得安宁又幸福。

突然有一天，

从北部高地的雪山上来了四个可怕的庞然大物。

他们的脚步所到之处，土地全部冻结，所有动物陷入沉睡。

他们呼出的气息可以令所有河水结冰，

整个世界都被致命的白色占据。

古茨、米德、里斯和乌姆是他们的名字。

他们渴望用冰雪征服温暖的原野。

当北部地区的北边界全部被冻结时，

身处危难的北部居民选派使者前往南部地区。

使者们到了白崖，

被领到格伦希尔德大帝近前，

女王威严的英姿让他们惊讶不已。

"告诉我，你们为什么来这里？"格伦希尔德问，

"不过请快一点儿，

因为我今天还要和十二个大家伙比武，

晚餐前这一切都要结束！"

使者们立刻明白，她一定是一个无比厉害的战士。

"我们从北部地区来，女王陛下，"他们说，

"我们遭到了四个冰雪巨人的进攻。

他们分别是古茨、米德、里斯和乌姆。"

听到这里，格伦希尔德站起身，说：

"这几个恶棍这么久以来一直为非作歹。

我要亲自处理掉他们！

我今天就启程前往北部地区，

因为进攻是最好的防守！"

谋士们竭力劝阻，不愿让她去北部地区施助。

虽然他们担心会在对抗冰雪巨人的战斗中，

失去令人爱戴的女王，但是最终也没能阻止她。

格伦希尔德前往军械库，

挑选迎战的装备。

她戴上用稀世之铁锻造的镶金头盔，

手持用一千只赤翅甲的翅膀炼成的火舌剑。

然后，这位伟大的女英雄穿上早已准备好的护甲，

这是她未雨绸缪，特意为迎战冰雪巨人打造的，

由此可见她的先见之明。

格伦希尔德启程前，

让人清空宫殿大厅的陈设，摆满桌椅，

整个皇宫举办了一场盛大的欢送仪式。

格伦希尔德举起金铸的角杯一饮而尽。

她喝了一杯又一杯，

直到所有勇士都醉倒在椅子下面，

这显示了女王的非凡酒量。

然后，她就出发了。

在前往北部地区的长途跋涉中，

她一路披荆斩棘，杀死了很多不值一提的猛兽毒虫。

最后，格伦希尔德和随行队伍终于抵达冰雪边境。

他们从来没有看见过如此令人毛骨悚然的荒凉景象。

四个冰雪巨人把灰色的岩石从地面上拔起，

互相扔来扔去，就像在消磨时间。

在他们经过的地方，

脚下大地冻结，身后留下冰墙。

古茨以渴闻名，而乌姆以饿著称，

前一位能一口气喝光河水，后一位能一口吞下大树和草丛。

米德喜好吼叫和唱歌，每一次都能让群山震颤。

里斯能把岩石碾成无数砂砾，小到踩在脚下都感觉不到。

格伦希尔德大帝傲气十足地看着她的敌手，

她充满信心，不曾有过一秒钟的退缩，

因为她很清楚自己的力量。她说：

"火舌剑派不上用场，因为他们从头到脚都是冰；

长柄斧会被击裂；刺棒会毫无用处地掉落在地；

盾牌也抵挡不了他们的力量。不过，我有一个办法！"

她命令随从把大铁桶里的美酒加热。

然后，她走到古茨近前，大声喊：

"你也许高大强壮，古茨，

但是我只用一招就能制服你！"

古茨哈哈大笑起来，震得周围的山峰直颤。

"什么，你？你这个穿着铁皮的小动物？

你难道不知道，我是四个冰雪巨人中最高大的吗？"

格伦希尔德机智地回答：

"好吧，不过我的酒量是你的十倍！"

古茨听完又大笑起来，说：

"不如这样！

我们在今天傍晚太阳下山的时候当面比试一下，

如果你不能证明自己的酒量是我的十倍，

我就用岩石把你碾碎！"

说完，他们就各自离开了。

临近傍晚，格伦希尔德全副武装，

她的心里没有丝毫畏惧。

当金色的太阳消失在北面的崇山峻岭中时，

格伦希尔德大帝站在山脚下，

她身旁的大铁桶里装满了热腾腾的美酒。

古茨迈着沉重的步子走向格伦希尔德，

地面也跟着一起震动。

"小人儿，"他问，"你还是想跟我比试酒量吗？"

"对，"格伦希尔德说，"我马上喝！"

她机智地拿起一杯盛满热酒的杯子，

迅速地抿了一口。

古茨发出响雷般的笑声，

他举起大铁桶，一口气把热酒喝了个精光。

"这还不够！"他说，

"我还没解渴！"

然而，热酒已经开始从体内慢慢融化他了。

古茨丝毫没有觉察，因为他是冰做的，所以感觉不到疼痛。

慢慢地，他的腿融化了，肚子也融化了。

这时，他开始嘶吼，大声咒骂格伦希尔德大帝。

没过一会儿，他的身体就只剩下一大摊水了。

第一个冰雪巨人消失了。

格伦希尔德回到帐篷中睡觉，

为第二天储备体力。

第二天，她找到能吞掉一切的乌姆，

用讥讽的话向他挑衅。

乌姆同意，在太阳下山时跟她比试谁更能吃。

格伦希尔德大帝命人在盾牌上垒起一个大盐堆，

她另外用一只小碗盛满了糖。

等到太阳落山的时候，她来到乌姆面前，说：

"因为我不能像你一样吃树和石头，

所以我带了一些我们两个都能吃的东西。

看，我用这只小碗吃，

你可以从这一大堆中自取！"

她想刺激一下乌姆。

乌姆哈哈一笑：

"我立马吃掉整个盘子！那样你就没得吃了，

我就是赢家！"

说着，他拿起盾牌，

把所有的盐一股脑儿倒进了喉咙。

格伦希尔德大帝却在不停地吃糖，

一直吃到恶心得不行。

但是，她鼓足勇气坚持吃下去，

一刻不停。

因为她知道，解决掉乌姆还需要一些时间。

渐渐地，盐开始从体内融化他，

水像小溪一样从他的身体淌下来，

高大、威猛的冰雪巨人乌姆很快就化为汩汩流淌的清水了。

胜利者格伦希尔德筋疲力尽地回到帐篷，

倒头就睡着了。

睡着前，她发誓以后再也不吃糖了。

当太阳再次从地平线上升起时，

格伦希尔德大帝找到了咆哮王——冰雪巨人米德。

她走上前去，要求在太阳落山时进行决斗：

谁吼的声音最大最吓人，

谁就胜利。

"那么，米德，我们就去山谷里比试吧。

因为那里的回声最棒，我们的斗志会更强！"

米德感觉自己得到了赞赏，

一口答应了格伦希尔德的提议。

太阳落山时，格伦希尔德大帝和她的对手在山谷中会面了。

格伦希尔德站在山谷入口，米德站在了山谷中间。

格伦希尔德放声高歌，

地洞里的小老鼠和天空的雄鹰全被吓得发抖。

米德深吸一口气，奋力咆哮，地面立刻抖动起来。

"我的声音还能大很多！"格伦希尔德大声说，"听！"

她又唱了一遍，比第一次的声音更大。

米德再次迎战。

这一次，群山震动，

一块块石头从高耸的山峰滚落进山谷。

无数巨石冲向冰雪巨人米德，把他砸成了成百上千块小碎片。

"好了，"格伦希尔德大帝说，

"还剩一个！"她说的是里斯，

他是四个冰雪巨人中最危险、最暴躁的一个。

里斯已经知道，

格伦希尔德对他兄弟们的所作所为了。

他怒气冲冲地赶来，地面在他的脚下迸裂。

"女人！"他用骇人的声音吼道，

"你杀死了我的兄弟们，我要你给他们陪葬！"

格伦希尔德大帝果断地拔剑迎战。

这场战斗可怕到不能直视，附近的人们全都看向远处。

格伦希尔德冲着里斯一剑又一剑地劈下去，

但是丝毫不能伤到他。

里斯则想方设法要抓住她，把她压碎。

两个人激战了三天三夜，仍然不分胜负。

后来，格伦希尔德大喊：

"停！这样打下去没有意义！

我们必须好好睡一觉，明早再战！"

虽然不情愿，但里斯不得不承认，她说得有道理。

格伦希尔德的营地里燃起了篝火，

她和她的随从们一起商讨战术。

"里斯太强悍了，不会被剑打倒，"她说，

"他不吃不喝，也没有可以利用的喜好。

不过，我有一个主意。

如果我们不能用刀切开一块大奶酪，

那就改用铁丝！"

随从们不由得赞叹格伦希尔德的机智。

他们着手准备了一根铁丝，

并且把铁丝放在炭火上保持温度。

第二天早上，当里斯赶来时，

格伦希尔德已经站在了帐篷前，

她像女英雄一样举着剑，大喊着冲向里斯。

不甘输掉气势的里斯，

同时大叫着冲向格伦希尔德。

然而，就在两人中间，立着两棵树，

热铁丝就拦在两棵树之间。

于是，当里斯用尽全身力气冲过去时，

他轻而易举地被热铁丝割成了两截。

就这样，最后一个冰雪巨人也不怎么光彩地一命呜呼了。

格伦希尔德完胜。

在格伦希尔德的帐篷里举行了一场庆功宴，

那场面热闹非凡，世人前所未见。

在回白崖的途中，

鲜花开始盛开，鸟儿开始歌唱，春天如约而至。

回到白崖，

格伦希尔德和所有随从坐在富丽堂皇的宫殿里，

用精致的金酒杯喝着美酒，

诗人和歌者吟唱着她的英雄事迹，

织工们把这些故事织在毯子上，

让她永远被人们铭记。

格伦希尔德的统治长盛久安。

然而有一天，这位伟大的女英雄却告诉大家：

"我即将离开矽卡岩王国，

但是请记住，我永远不会真正离开，

任何人休想伤害我的国家！

因为我会一直看着每一个人，

如果矽卡岩王国遭遇危险，

我会回来教训入侵者！"

说完，这位最伟大的女英雄跨上她忠诚的战马。

眨眼间，钉着银色蹄铁的马蹄腾空而起，

格伦希尔德大帝在最后一缕暮色中消失在了云端。

这位旷世英杰就这样离开了，

故事也到此结束。

弗里德里希眨了眨眼睛。这简直太不可思议了，他竟然花了这么长时间读完了一堆稀奇古怪的文字。格伦希尔德的故事深深地吸引了他，甚至让他沉迷其中——他已经把久坐地板的不适和一身的疲惫忘得一干二净。弗里德里希打着哈欠扶正袋子，拍了几下手掌。粉末在空中画出一道道弧线，一点儿不剩地落回到了袋子里。大剌被掌声惊了一下，嘟囔了几句莫名其妙的话，翻了一个身，又睡了过去。

弗里德里希脱掉外套，爬进壁洞。他一闭上眼睛，就做起乱七八糟的梦来。在梦里，冰雪巨人、蚂蚁和一个面色苍白、像幽灵一样的白仙闪来闪去，乱成一团。

第三章

峡谷危机

07

盲蛛的演讲

"我们今天干什么？"弗里德里希坐在床上问道。大刺正在地板上爬来爬去，只见他一会儿咬一口被他当作早餐的花粉丸子，一会儿在铺开的一张大纸上涂涂画画。他还往身上抹了一些在房间角落里发现的灰土，想把自己伪装得更好一点儿。

"嗯，"大刺答道，但更像是在自言自语，"昨天跟你聊天的那只甲虫可能就是一个守护者。他暗示你，守护者们很不待见眉兰的士兵们出现在边境地带。他们觉得自己受到了挑衅。这至少说明，守护者们现在如坐针毡。这位白仙也许蓄谋已久了，她只是在等待一个时机。"

"你还有其他怀疑吗？"

"北境是一片荒蛮之地，"大刺头也不抬地说，"谁也不知道，这里暗藏着些什么。比起这里，南境实在太富饶了，绝对是一个诱人的目标。如果靠一场战争就能赢得南境，那简直太划算了。"

弗里德里希想了想，问："那个白仙，她是贪图南境的财富，还是仅仅恨眉兰而已？"

"喊，这谁知道啊，也许两者都有吧。"

"她们俩之间到底发生了什么，最后反目成仇？"

大刺不由得笑起来："她们俩之间？什么都没有发生。她们甚至素未谋面。主要原因在于两个地区的边界之争，两边的边界一直没有经过官方认定。北境并不是一个管理有序的正式国家，所以也就没有官方的国界。两边一直以牙山为界，不过眉兰经常会派士兵去山的另一边侦察。"

"等一下，"弗里德里希打断了他的话，"在传说里，格伦希尔德统治着整个矽卡岩王国。为什么眉兰只是南境的女王呢？"

"格伦希尔德离开后，国家很快就分裂了。"大刺说，"白崖在南部地区，离北部地区很远。格伦希尔德这样的领袖人物不复存在后，北境后来就不能理解，为什么要受白崖女王的统治。南境也有自己的顾虑，于是就任由北境脱离出去。坦白地说，这样更好。当一个国家太大时，其实很难统治。可惜，白仙却要借机发展自己的势力。"

"也就是说，现在眉兰的士兵在北境四处走动，这让守护者们忍无可忍。"弗里德里希推断说。

"对。如果眉兰的士兵们不小心被守护者们发现了，那么他们就会被抓起来绑住手脚，遣送到我们的边境。而且，他们还会带回一张便条，上面写着白仙的美好问候，让我们把自己的眼线带回家，因为她不想留着他们。"

弗里德里希笑了起来。

"也有没回来的。"大剌接着说，"他们究竟会怎么样，没有谁会知道。不管怎么样，我一直在想方设法寻找白仙，说服她和我们协商边界。但是，这位白仙根本不见踪迹。她就是故意的！其实眉兰说得对：白仙就是一个地地道道的女魔头。并且很狡猾！不管怎么样，我都要找到她较量一番。"

"唔……"弗里德里希咬了咬嘴唇，"你听一听，我有没有理解错：眉兰的士兵越过了边界？"

"呃，是。"大剌挠了挠后脖颈儿。

"那么，他们被驱逐出境有什么问题吗？"

"这……这是另一回事。" 大刺严肃地说。

"他们到底在那里做什么？他们到底要侦察什么？"

"嗯……"大刺看起来有些不自在。

弗里德里希赶紧接着说："如果边界还没有确立，这对眉兰非常有利。只要能把士兵派过去，他们就有可能威胁对方把边界线后撤，不是吗？"

"不是这样的！"大刺恼火地反驳，随后又补了一句，"如果边界压根儿不存在，又何来后撤边界？北境根本就没有正式的政府，也就没有所谓的国土。"

"但他们也没有军队，"弗里德里希敏锐地说，"那么把士兵派过去，他们根本无力抵抗。"

大刺缩了一下肩膀："我算是知道了，你确实不怎么了解政治。一个随便冒出来的女人就自称是……北境的警察，还派一群打手攻击一切异己，这怎么行！"

"我不明白，这里貌似一向好斗。"弗里德里希若有所思地说，"格伦希尔德大帝貌似也是在战斗中英名远扬的！"

"白仙暗度陈仓，扩大势力。北境居民从来没有推选过她做领袖。"

弗里德里希仍然不理解："那么眉兰呢？她成为女王经过选举了吗？"

"哼，这是君主制。你懂不懂！"大剌有些生气，"无论如何，我们必须查明白，到底是谁想进攻南境。不管是白仙还是其他人，就这样！"

"那我们接下来从哪里入手呢？"弗里德里希问。

大剌收起那些纸，说："守护者们虽然神秘，但是对于像我这样长期跟他们打交道的'老朋友'来说，他们没什么秘密可言。我认识他们中那些领头的家伙，也知道要去哪里找到他们。守护者组织的关键联络处在绿洞，一个不堪入目的地方。我们从这里向北飞，需要三天行程。如果守护者们密谋要在某个地方搞些事情，我们在绿洞轻而易举就能查出来。所以，那里就是我们的下一个目的地。"

但是，计划赶不上变化。圆塔楼下有一个酒馆，会给每位顾客准备一小块干面包、一杯茶和一块硬黄油。大剌和弗里德里希还没在酒馆坐稳，一只瓢虫就从门外闯了进来。这只瓢虫头上扣着一顶帽子，身上挂着一个装满报纸的袋子。"号外！号外！免费号外！"他一边聒噪地大喊，一边往桌子上扔报纸。弗里德里希和大剌面前也分别被扔了一份。"峡谷大集会！重磅消息！"说完，他像踩高跷一样，迈着僵硬的步子转身朝门口走去。空中信使们和那些长着翅膀的昆虫一脸不悦地在后面看着他离开。

　　"这里的消息传播速度比我印象中快多了。"大剌似笑非笑地翻开报纸。弗里德里希也学着他的样子，翻开自己面前那份报纸，读了起来。头版的上半部分都被一个大标题占据了：公爵夫人嫁给了一棵树！紧跟着还有一行小字：详情见第二版。下半部分的标题则是：峡谷里的爱国主义集会！对抗眉兰的边境堡垒！

　　"这儿，你听听。"大剌压低声音读道，"'过去，这个边境堡垒只是优美风光中的一个碍眼的所在，但是现在，它因为边境争议而成为充满火药味的挑衅。所以，兄弟姐妹们，让我们集结到边境堡垒，为自由而战吧！'后面的话说得更难听。喊，这些夸大其词的谣言到底是谁写的？"

　　"哈，你如果知道是谁的话，也就知道眉兰那些奇怪的梦是怎么回事了，对吧？"弗里德里希嘴里塞得满满的，含糊地说。

　　大剌折起报纸，把它塞进弗里德里希的背包："没错。所以，我现在要立刻弄清楚。我们最好马上动身，去找这份报纸的出版商，打听一下这个消息是谁要求刊登的。"

　　但是，他们刚走到街上，就听见了一连串刺耳的叫喊声。在集市广场靠边的地方，一只盲蛛正站在一个倒扣的肥皂箱上，激昂地挥动着四条长长的细腿，四周挤满了围观者。

"他们想把我们都变成奴隶！"盲蛛尖声说，"我们却还在自欺欺人，毫无作为！"

弗里德里希和大刺站在原处。"啊，真有意思，"大刺说，"这些北境居民总是这么有意思。"

盲蛛继续扯着嗓子嚷嚷："他们有肥沃的土地、洁白的宫殿，却还不满足！他们想让我们北境臣服于他们，所有居民！"

有些围观者摇着头走开了，而那些还站在原地的大都在冷眼旁观地看热闹。其中一个还吃着袋子里的棒棒饼干，听得津津有味。

"他们垂涎我们的森林、铁矿，还有我们的盐巴！他们早就偷偷地向北不断扩张了！我们一直本本分分的，却一再被他们的士兵骚扰！他们暗中监视我们，就在光天化日之下！"

"嘿，"一个声音高喊，"你还是赶紧闭嘴吧，别在这里胡言乱语了！"

盲蛛转了个身，把脸朝向那个插话者，怒气冲冲地死死盯着他："你们这些堕落的胆小鬼对那些家伙视若无睹，只会置身事外！但是并不是所有居民都像你们一样！"他一边说一边挥动着手里的报纸。弗里德里希暗暗瞟了一眼大刺，只见他全神贯注，身体一直向前倾，简直要趴到前面那个围观者的背上了。

"如果你们有胆量、有骨气，就拿起武器，团结抗敌！哈！"盲蛛四下扫视，突然把目光锁定在弗里德里希身上，"就是你！年轻人！你的故乡需要你！"

"我对此表示怀疑。"弗里德里希小声嘀咕，"我的故乡可能根本没注意到，我已经离开了。"而且，最尴尬的是，他现在竟然被一只蜘蛛指手画脚。大刺扯了扯他的袖子，弗里德里希立刻会意，三步并作两步地跟在他身后从围观者中挤了出来。那只盲蛛在他们身后一顿奚落，说弗里德里希是胆小鬼。

直到他们走出两条街，弗里德里希才说："这里的局势看起来很紧张。你觉得，那位报纸出版商会理睬我们吗？"

"别管什么出版商了。"大刺喜滋滋地嘟囔道，显然对这个小插曲很满意，"我们立刻飞往峡谷，查出谁是幕后主使。然后，我们就可以马上提醒驻扎在边界堡垒的守备部队。来，上来！"

当他们飞到空中后，弗里德里希看见围观者们已经四散了。大刺得意扬扬地说："这些家伙肯定不会想到南境看到了北境的报纸！一群菜鸟！"

"我们需要多久才能飞到峡谷？"弗里德里希问。

"如果幸运的话，我们今天晚上就能到。"大刺想了想说，"否则就得明天了。"

08
金 钱 的 召 唤

　　整整一天，他们的右方只有连绵不绝的牙山。大刺沿着山脉一直向东飞。他们几乎一刻都没有停歇，弗里德里希一路上都在发牢骚，就像他初到矽卡岩王国那天一样。就算屁股和两条腿麻木到僵硬，他在大刺的背上也几乎一动都不能动。

　　他们飞到一望无际的虞美人花田上空。在那里，大大小小、条纹各异的熊蜂嗡嗡嗡地飞来飞去。大刺说，虞美人花田让他感觉饿得难受，如果再不吃点儿什么，他就根本飞不动了。于是，他们停在一朵花上，准备给自己加顿餐。弗里德里希从来没有这么近距离地观察过虞美人，这时才发现，它们

的花粉竟然是暗紫色的。大刺两眼冒光地扑了过去。虞美人的花蜜味道还是不错的，但是那些花在风里猛烈地摇摆，搞得他们吃得很艰难。

如果在家里——弗里德里希坐在一片虞美人叶子上，一边嚼东西一边想——如果在家里，他现在应该正拿着鸡毛掸子给奖杯掸灰，因为今天是星期六。擦完奖杯，他会做饭、吃饭、洗碗，然后想一个借口拒绝和那个烦人的女邻居跳舞喝茶——那可真令人头疼！之后，他就可以无所事事地等着睡觉。结果，他却在这里，一切都乱套了。

不过也好，他今天至少不必见他的女邻居了。这个想法让他开心了不少。

"出发吧！"大刺说着站起身来，"前边的路还很长！"

不过，他们今天无论如何也赶不到峡谷了。太阳落山后，天气转凉，他们落在一棵松树上，找了一个树洞过夜。第二天一早，弗里德里希就被大刺叫醒，向着更远处的山脉飞去。

"快到了。"不知飞了多久，大刺开口道，"我飞到峡谷上方去，然后我们看看在哪里降落！"

他们眼前的地面变成了陡峭的斜坡。斜坡上长满了松树和低矮的灰色植物，苍蝇和野胡蜂在沟壑里飞来飞去。大刺盘旋了一圈，他虽然飞得很快，但勘察得非常仔细，还让弗里德里希跟他一起留意地形。

"那里有情况，我觉得。"弗里德里希俯身对大刺说，"你看到下面那些松树了吗？中间有一棵刺柏。"

"是的，松树下有一群家伙在活动。"大刺不假思索地说，"我再绕一个弯，从树枝间穿过去，这样他们就不会发现我们了！"

很快，他们就从刺柏丛的两根树枝中间飞下去，落在了到处是碎石的地面上，接着连爬几步，躲到一块大碎石后面悄悄窥探。不远处，安扎着几顶棕色的帐篷，帐篷外是一派忙碌的景象。甲虫们把一个个圆桶从帐篷绳中间滚过去，一直滚进了营地外围一顶红色大帐篷的帘子里。一只大蝈蝈一蹦一蹦地穿行在他们中间。不时有一些金属物件掉下来，发出巨响。

"你觉得我们可以悄悄爬过去吗？"弗里德里希压低声音说。

"这声音这么大，我们使劲跺脚都没问题。"大刺冷冷地说，"我们的声音可能不会被听到，但是这一路没什么掩护，我们的身影会被看到的。也许我们可以绕过营地，从另一边摸进去，那里好像石头更多一些，我们可以躲在后面。"

不过，他们刚刚掉头走了一小段路就交了好运。在他们正前方，几个家伙正在用早餐：一只报死虫、一只蜻蜓和一个正

在吃夹心面包的男人。

"又是冷饭。"蜻蜓嘀咕（很明显，这是一只雄蜻蜓），"这么多天一直是冷饭，我们连一次火都不能生吗？"

"一生火就会冒烟，一冒烟就会被发现。"报死虫说，"等事成之后，你就可以生火了——到时你想怎么样都行。你甚至可以同时生五六堆火。"

蜻蜓不以为然地看了一眼报死虫，说："我干吗要生五六堆火？我只想烤一块面包！"

"不管怎么说，"第三个家伙插话，"只要那些火药桶还在营地里，生火就很危险。我们离开后，它们才能炸呀！"

"离开……"报死虫若有所思地说，"我们前天就可以走了吧。我们到底在这儿等什么呢？"

"在等进攻的信号。"蜻蜓一本正经地说。

报死虫翻了个白眼："原来是这样啊。搞清楚这一点，还真不错啊。不过说实话，这些天，我们一直在这里闲坐着，谁来给我们付钱？"

男人耸了耸肩："谁都行。只要有人愿意掏钱让我在这儿闲坐着，我就没意见。反正今天晚上就要炸了。"

"昨天就是这么说的。"报死虫拖着鼻音说。

一声哨响传来，打断了他们的对话。他们四下张望，交换了一下眼神，耸了耸肩膀，没精打采地走进了营地。

弗里德里希和大刺不约而同地看向对方。终于，弗里德里希先打破沉默，压低声音说："你觉得他们是在聊火药吗？"

"不是火药才怪呢，"大刺一边说，一边盯着在营地里忙碌的身影，"不然他们拿什么炸呢？我觉得，他们想炸毁堡垒的城墙。"

"应该要炸城墙拐角。"弗里德里希胸有成竹地说，因为他小时候很喜欢看那些打仗的故事书，"那个地方通常防御最薄弱。"

大刺抛给他一个赞许的眼神："嗯，你完全不像看起来那么无知嘛。"

"但是，我还是不知道你现在要干什么。"弗里德里希说，"那么，我们怎么做？要去给堡垒那边提个醒吗？"

"嗯，对，这可能是一个办法。"大刺漫不经心地挠着痒痒咕哝道，"不过……嗯……"说到这里，弗里德里希看到他的眼睛亮了起来，"不过如果我们能够让他们的计划泡汤就更好了。这样他们一定会气炸吧？"

"那要怎么做呢？"弗里德里希问。他无法想象单靠他们两个怎么对付整个营地的敌人。

大刺嘿嘿一笑，蹭了蹭前腿："我们可以把火药桶弄湿。"

弗里德里希试着努力琢磨办法，但是他的脑子就像锈住了一样："这要怎么做？"

"嗯，这是个问题。我们可以把装满水的水桶滚进放火药的帐篷，然后想办法把水倒在火药桶上……或者，等到下大雨的时候，我们把固定帐篷的绳子剪断，这样一来帐篷就倒了，雨水就会淋到火药桶上……"

"火药桶难道不防水吗？"弗里德里希问。大刺一直在走，这时他们正绕着营地，在树根和碎石间穿来穿去，"防水难道不是这些桶的必备条件吗？"

"啊，说得对，不过没关系，"大刺一边信心十足地说，一边拖着脚往前走，"我们当然还可以找一根水管，把它顺着火药桶的小孔插进去。或者，我们把所有火药桶都扎破，让火药撒在地上。这至少能给他们制造一些麻烦。"

"我们为什么不直接在上面撒一泡尿呢？"弗里德里希戏谑地说。

"好主意！我去搞一大桶水，我们喝下去后……"

"我们为什么不直接把那一大桶水倒在火药上呢？"弗里德里希问。

大刺盯着他："我们又绕回来了。这样解决不了问题。"

"这和撒尿的点子一样，只是个玩笑。"弗里德里希说，"我们还能点火呢。"

"除了水，我们还能喝什么呢？"大刺想得入神，"酒精？酒？——嗯，什么？你刚才说什么？点火？"

"对，没错，"弗里德里希说，"我们为什么不直接把火药撒在空中？那样不就完事了？"

大刺歪着脑袋瞪着眼睛，那样子好像咬了一口柠檬。"危险，疯狂，有个性，"他说，"我喜欢你的想法！"

"我可什么都没想，"弗里德里希说，"只要有脑子都不会想到这么愚蠢的办法。如果真的这么做，我们恐怕都要送命，而且半个峡谷都会塌的！"

大刺拍了拍他的肩膀："小伙子，你的想法非常棒，我们现在就干！"

弗里德里希抽回肩膀，强烈反对："这只是一个玩笑！太危险了！如果我们在这里引爆火药，就会有伤亡！帮你们调查也就算了——我不会为了你们的政治分歧伤害任何生命！"

大刺举起一只脚："我已经想到这一点了。我们可以想办法让他们尽量离这里远远的。相信我，我可是这方面的专家。"

弗里德里希又一次感觉，他周围的所有人——一切生物都疯了。他本想坚决反对，但是此时却什么都没做。他拖着步子，一言不发地跟在大刺身后，从营地北面缓慢接近那个大大

的主帐篷。他们一直匍匐前进，爬过凌乱的碎石，钻过交错的树根。周围有一点儿响动，他们就像石化了一样僵在原地，一动都不敢动。终于，他们来到了位于两棵树之间的红棕色帐篷的背面。

一只长腿的蝈蝈从帐篷前蹦跶了过去。

大刺藏在一截树根后偷偷张望："帐篷四角都有守卫，前面入口处可能还会有更多人手把守。"

"我们怎么过去？"弗里德里希小声说。

"这会儿肯定不行。"大刺幽幽地回答，"不过这可难不倒行家。我带了一种特制的药水，专门应对这种情况。它叫'金钱的召唤'，去年配的，正是配这种药水的好年份。非常厉害。"

"你又在说些我听不懂的话。"弗里德里希一边说，一边窝火地靠在一块石头上。

大刺转过身背对着营地，在弗里德里希旁边坐了下来："很简单。当有人让你做你不情愿做的事时，你一定会有那种不舒服的感觉。对吧？就比如，嗯，让你背叛什么人或者让你收拾一些恶心的东西？"

"我知道。"弗里德里希谨慎地说。

"你说：我不干。于是这个人拿出钱来。你说：我还是不干。但是，他拿出了更多钱，而且越来越多，一直多到让你动摇。你开始想：如果我能拿到这么多钱，也许做点儿蠢事也行……这时，你脑子里的念头，就是金钱的召唤。"

"你要贿赂守卫？"弗里德里希一边问一边暗想，这只熊蜂说话真啰唆。

"不，恰恰相反！"大刺拉过背包，把前腿伸进去翻找起来，"我只是给他们制造一种被蛊惑的感觉。其实什么都没有。"他把脚从袋里抽出来，拎出一串四个小瓶子，每个瓶子的软木塞都被牢牢地缝在一个皮制的托座上。"这里面，"他神秘兮兮地说，"就是那种感觉的浓缩剂，它会让你体会到金钱的诱惑，让你忘记所有的正常意念。只要我把这些小瓶子打开，把风扇向营地方向，营地里所有在场的都会把浓缩剂吸进去。他们会立刻离开哨岗，朝有味道的方向跑过来。即使他们根本不知道为什么这么做！"

弗里德里希皱起眉头："这到底是什么？魔法吗？"

大刺愣了一下："当然啦，不然还能是什么？"

"我觉得袋子里的传说更可爱一些。"弗里德里希说，"用魔法操纵，太……太不光彩了。"

大刺看着他，仿佛他刚才说了什么愚蠢至极的话。"这是间谍行动，不光彩的事会经常发生。"他解释说。

"我不喜欢这样。"弗里德里希把手臂交叉抱在胸前说。

"我才不管你是不是喜欢。"大刺烦躁地说,但他很快又用稍微缓和一点儿的语气补充道,"反正你完全不会碰到这个东西。你有别的任务。当我摆弄这些药水,对准那些守卫扇风时,你要爬进帐篷打开火药桶,放好导火线。"

"我吗?"弗里德里希惊愕地问,"这个我是真的不行。我对炸药或者导火线一窍不通。"

"没关系,我会详详细细地告诉你怎么做。"大刺信心十足地说,"我原本想亲自处理,但是又不放心把药水交给你。你明白吗?你就算只闻到一点点气味,也会受到影响,把其他事忘得一干二净。我可以扇动翅膀驱走挥发在周围的气体,但是你……你就只能堵住鼻子。"

"堵住鼻子也不行。"弗里德里希叹了口气。

大刺开始在背包里来回翻找,终于扯出来一大卷细绳。"嗯,这东西的易燃性还有待加强,"他挑剔地嘀咕,"裹上些松香应该就没问题了。你来砍开树根。"

弗里德里希从皮套里拔出刀,在树根上找了一块不怎么坚硬的地方砍起来。趁他干活儿的工夫,大刺小声地给他上了一堂关于炸药的课,包括火药的知识、各种导火线及其安装细节。弗里德里希大约只听懂了一半,但是他也没再问什么。他的脑子已经够乱了。

　　慢慢地，树干上有松香渗出来了。大刺挑出三根长绳，在松香上来回拉动。绳子变得黏糊糊的，弗里德里希给他打下手（或者说"打下脚"）的时候，不停地想要大声发牢骚。

　　当他们用松香给导火线升级完毕时，太阳升得更高了。弗里德里希的肚子开始咕噜噜地叫，但是他紧张得什么都吃不下。大刺又团了两个小松香球，用来塞住弗里德里希的鼻孔（此时，弗里德里希的好心情彻底耗尽了）。一切准备就绪，弗里德里希的鼻子也被堵得严严实实，大刺宣布道："我现在过去，打开瓶子。你留在这里，等到所有侍卫都离开了，你就溜进去！"

　　"然后我拔出火药桶的木塞，把导火线放进桶里？"

　　"对，没错。我们还不知道，那里有多少个火药桶，但是只要能引爆一个桶就足够了。爆炸的冲击力会波及其他火药桶，然后一起爆炸。这样就能'一锅端'了。在我回来之前，你别冒冒失失地点火！"

　　弗里德里希深吸了一口气："我会尽力的！"

　　"好样儿的。"大刺拍了一下他的肩，然后就钻进树根间爬走了。弗里德里希看着他离开后坐了下来，开始等待。营地里传来响亮的说话声、歌声和一阵阵的笑声，这些乌合之众似乎胜券在握。

　　"我却正相反。"弗里德里希忧心忡忡地想。

09
蚁 路 上 的 发 现

很长时间过去了，一点儿动静都没有。又过了一会儿，骚动蔓延开来。在营地的另一头，工兵们突然站起来，嗅着风中的气味，慢慢摸索着在松树间走着。越来越多的工兵走向岩石的方向，有一些甚至跑了起来。突如其来的诱惑逐渐向弗里德里希这边扩散。一只在帐篷一角站岗的螳螂抬起了头。旁边另一角的哨兵也立刻跟着嗅起来。

"唔，这是什么？"一个哨兵嘀咕。

"我去去就回。"另一个也几乎不由自主地嘀咕了一声。然后，两个家伙就一起摇摇晃晃地离开了哨岗。

这时，站在帐篷另外两个角的哨兵们跟着走了过去，最后两个守在帐篷入口处的哨兵也不例外。他们兴奋地从弗里德里希身旁走过去，互相问对方，到底是什么气味这么让人难以抗拒。

现在，营地几乎已经空了，只剩下几个落在后面的家伙激动地循着气味跟跟跄跄地朝前走。幸好，弗里德里希什么都闻不到。

弗里德里希又往树后缩了缩，慢慢爬过碎石来到了帐篷背面。他不敢走正门，即使那里已经没有能发现他的哨兵了。

弗里德里希把导火线在口袋里藏好，从地里拔出两根木制的帐篷桩，掀开红棕色的帆布一角，钻了进去。他一进入帐篷，就立刻警觉地环顾四周，以防还有看守。但是，除了中间的几个木箱子，帐篷里几乎空空如也。木箱子上放着四个小啤酒桶，桶全被牢牢地揳进箱子，以防滚落下来。

"什么，他们只准备了这么点儿火药，就想攻占堡垒？"弗里德里希自言自语地说，"太乐观了吧！"他两步来到火药桶旁。桶盖上的木塞塞得很结实，但是弗里德里希用刀把它们撬了出来。透过圆孔，他看到了桶里的灰色火药。

当弗里德里希把准备好的黏糊糊的导火线挨个儿放进其中三个火药桶时，他听见外面有动静。有几次他都觉得，像是有谁要进来了。但是，每次都是虚惊一场，只是树叶的沙沙声

或者幻觉而已。弗里德里希把导火线尽可能深地插到了火药里。然后，他一边爬向帐篷边，一边慢慢在身后放开卷起的导火线。

终于，他磕磕绊绊地回到了岩石后面，躲在暗处悄悄向外张望。其实，他原本完全不必慌张，因为帐篷附近一点儿动静都没有。

"大刺，你在哪儿？"弗里德里希自言自语地小声念叨。他开始担心大刺像其他工兵一样没逃过香气的蛊惑，甚至想了很多独自撤离的办法，因为他不能在这里久留。正在这时，那只熊蜂轻轻地从后面爬了过来。

"一切都安排好了吗？"大刺用沙哑的声音问。

"我觉得没问题。"弗里德里希小声说，"我现在能把这两团东西从鼻子里拿出来了吗？"

"可以，现在应该安全了。动手吧。上来，坐稳了——这可最重要。"

当弗里德里希爬上大刺的背时，他的心简直要跳到嗓子眼儿了。"在这里的一切都被炸飞前，我们能飞得足够远吗？"他问。

"哎哟，冲击波正好可以把我们送离危险区域嘛。"大刺喜滋滋地说，"用手指堵住耳朵。你有手指，就要好好发

挥它的作用。"

"冲击波？"弗里德里希担忧地重复说。

"别担心。"

"说得倒轻松，你就是嘴硬不肯承认。"弗里德里希嘀咕着。他有点儿头晕，觉得必须说话才能缓解紧张，"我跟你正相反！"

"喊！你还是动动手指，给导火线点火吧。"

弗里德里希哆嗦着手去点导火线。他试了好多次，才终于够到了线头。松香在咝咝声中燃烧起来。

"走！"大刺一边用腿猛地蹬离地面，一边粗声说。他们在空中盘旋了两三圈后，加速冲向高处。弗里德里希探身向下，想透过大刺颈上的绒毛看看导火线烧到哪里了。但是，他们上升得太快，甚至已经看不到树林中的营地了。

砰！

爆炸声穿云裂石——弗里德里希一度什么都听不见了。他越过大刺的肩头，看见树林中腾起一团巨大的白色火焰，树枝像遭遇了暴风一样向一旁倒去。紧接着，一阵热浪袭来，把他们卷向更高处。空气中弥漫着硫黄味、松香味和刺鼻的火药味。但是，有一股更强烈的味道——就像他后来讲起这段故事时常说的那样——直冲鼻腔，那是他自己的头发烧焦的味道。弗里德里希和大刺先是被热浪卷到高空，随后又猛地掉落下去。最终，他们在空中画过一条优雅的弧线，重新飞到高处。

弗里德里希仍然什么都听不见，他甚至有些惊慌地想，自己是不是聋了。但是，过了一会儿，他听到了一些微弱的声音。慢慢地，他又听到了更多声响——一开始声音很模糊，后来越来越清楚。他张大嘴巴，努力消除耳朵里面的压迫感，下颚几乎都要被扯脱臼了。

"瞧，这也并不怎么糟糕嘛。"大刺兴高采烈地说。他的声音听起来仿佛来自很远的地方。大刺的硬毛当然没有被烤焦，毕竟上面有金色的涂层。所以，他现在看起来还是光鲜亮丽的。

"我现在知道什么是震耳欲聋了。"弗里德里希一边抱怨，一边用食指在耳朵里转来转去。

"嘿嘿，这爆炸声很动听，不是吗？现在，我们可以溜了。"大刺说。他建议一直向北飞。

"你觉得他们会追我们吗？"弗里德里希一边问，一边张望，总觉得会在树林上空的烟雾中发现飞来的追击者的影子。

"我觉得，他们现在一定自顾不暇，"大刺回答，"而且，营地里已经乱作一团，他们可能已经分不清谁是自己人、

谁是敌人了。"

"这里的守卫太松散了。"弗里德里希觉得有些意外。

"我怀疑他们不是真正的守护者。"大刺咔嗒咔嗒地摩擦着下颚说道。

他们沉默了一会儿。弗里德里希又开口道:"有道理。守护者不会有酬劳,对吧?下面那些家伙之前在讨论酬劳的事。"

"没错。"大刺跟着说,"我从来没听说,白仙会给她的守护者支付酬劳。"

"也许那些都是她雇佣的火药专家?"弗里德里希若有所思地说。

大刺慢慢地转过头来:"那些蠢货吗?你真这么觉得?"

"好吧,不太可能。"弗里德里希咯咯地轻声笑了出来。

"是的。我们原本应该立刻赶回去报告情况,"大刺说,"但是我们先不回了。"

"我们在向北飞,这我已经注意到了。"弗里德里希说,"北边到底有什么呢?"

"绿洞。"大刺闷闷不乐地说,"我们得去好好敲打一下老格瑞罗·塔尔帕。"

至于格瑞罗·塔尔帕是什么或者是谁,弗里德里希到后来才知道。大刺预计,前往绿洞的行程需要花费三天的时间,弗里德里希从一开始就对百无聊赖的枯坐抱怨不已。但是，只要他开始抱怨整天坐在大刺的背上有多无聊，大刺就会反驳说，他整天驮着弗里德里希更无聊。

虽然当天剩下的时光都是在飞行中度过的，但是那感觉并不像在飞行。弗里德里希一直坐在大刺的背上，呆呆地看着沿途的风景，思索着自己的荒谬境遇：他深陷在两个地区间的冲突里，但其实根本不属于任何一方；鬼使神差地成了间谍和熊蜂骑士；差点儿被生吞，而且他对一切还一头雾水。他几乎已经想不起来，正常的生活是什么样儿了。

就这样，他一边思考着自己的命运，一边望着下面长满欧石楠的荒原。突然，他发现了一个新奇的景象：在灌木丛的掩映下，有一条寸草不生的狭长沙带，看起来就像一条被踩踏出来的小路。和大多数小路不同的是，它不是一小段，而是一直向远处延伸，完全看不到头。有时，小路会被植物的叶子挡住，然后会再度出现，而且始终通向北方，那也正是大刺和弗里德里希飞往的方向。过了一会儿，弗里德里希忍不住问这是怎么回事。

"这是一条蚁路。"大刺说。

弗里德里希饶有兴致地朝下张望，却没有发现一只蚂蚁。当蚁路绕过树木和水洼继续蜿蜒向前时，弗里德里希脑子里一

直在琢磨这个问题。

后来，他终于发现了一只蚂蚁。当他们接近蚂蚁上空时，弗里德里希俯下身，想看看那只蚂蚁在路上干什么。但是，她好像什么都没干，只是蜷在路边；就在他们要飞过去的时候，弗里德里希隐隐觉得有些不对劲。"大刺，等一下，"他大声喊，"我们去看一下那只蚂蚁！"

"怎么了？"

"我觉得她不太对劲！"

大刺回过头看了看弗里德里希，仿佛不对劲的是他一样。但是，大刺还是减速，盘旋着落在那条被蚂蚁们走出来的路上。弗里德里希从他背上跳下来，跑到那只蜷在路边的蚂蚁身旁。蚂蚁一动不动。

弗里德里希大声对她说："嗨，您好！能听见我说话吗？"

"这是一个哲学之问。"大刺嘀咕了一声。

弗里德里希没有放弃。他冲蚂蚁弯下腰，抓着她的腿晃了晃："嗨，您好！"

大刺轻咳了一声："弗里德里希，我不得不遗憾地告诉你，她已经死了。"

"死了？"弗里德里希吃惊地转过头，仔细地打量着那只蚂蚁，"但是……她怎么死的呢？她又没受伤，一点儿伤都没有！"

"不。她确实死了。我们走吧。"

"我们不能让她就这么躺在这儿！蚁路上怎么会躺着一只死了的蚂蚁呢？蚁路对蚂蚁来说应该很安全啊！"弗里德里希跪在蚂蚁身旁，继续查找她的死因。

大刺干脆坐下来，开始给弗里德里希讲蚂蚁家族的习性："好吧，听我说。蚂蚁们总有一天会死。他们不会退休，而是会一直跟着同伴一起干活儿，直到老死。到了某个时刻，他们躺下来就死了。所以，当同伴们上路后，死去的蚂蚁常常就留在了路边。"

"没谁帮他们吗？"

"帮什么，帮他们死吗？这事谁也帮不上忙。"

"没谁埋葬他们吗？"弗里德里希用很小的声音说，几乎要掉泪了。

"没有。也许有谁经过会吃一口吧。"大刺话一出口，才觉得自己说得太残酷，忙不迭地用腿捂住了嘴，"不管怎么样，几百万只蚂蚁组成的队伍，可不会只为埋葬一只工蚁停下来。"

"那么我们应该把这事做了！"弗里德里希抽了一下鼻子说。

"为什么？"大刺转了一下眼珠问，"蚂蚁们又不想要墓碑。你这么干是吃力不讨好。蚂蚁们才不在乎，自己死后身体会怎么样。"

"但是……但是……"弗里德里希又抽了一下鼻子。话还没说完，他的目光就被什么东西吸引了：在蚂蚁一只触角的尖上，有一个发光的黑色肿块，另一只触角上却没有。弗里德里希一下子把悲伤抛到了脑后，俯身仔细查看那只工蚁的头。

被他当作肿块的东西，其实是穿在蚂蚁触角上的一个小金属环。金属环是黑色的，和蚂蚁身体的颜色一样，所以很难辨别。弗里德里希用手指轻轻一碰，金属环转动了一下。

"噢，她有一个耳环……呃，触角环。"弗里德里希头也不回地说。

"什么？我还从来没见过这样的东西，给我看看。"大刺凑到弗里德里希身旁，粗鲁地把金属环拽了下来，"这……这真让我开眼了。一只戴首饰的蚂蚁？真新鲜。"

"这可没有金色的熊蜂奇怪。"

"不，比那奇怪多了！蚂蚁们不爱打扮。熊蜂们更不会。反正雄蜂不会。"大刺用两只前腿来回转动着金属环。

"嘿，这里刻着一个字。"弗里德里希说。

"还真是！一个小的C。"大刺小声念叨。

"会不会是她的爱人？"弗里德里希推测。

"对一只工蚁来说，不可能。工蚁不会谈恋爱。"大刺把金属环递给弗里德里希，"你拿着它吧。我觉得，这是一种等级标记。蚂蚁家族有时候会被雇去完成一些大项目，比如当清扫工、运送大批东西，等等。那时，他们经常会在触角上绑上小带子或者三角旗，这样一来就很容易被区别出来，以防一些陌生的家伙混进去偷运货物！"

"那么C到底代表什么呢？"弗里德里希疑惑地问。

"唔，也许是克鲁佩斯。他经常雇佣蚂蚁家族干活儿。嗯，我越想越确定，这个奇怪的C是克鲁佩斯的标记。你现在平静下来了吗？我们可以继续赶路了？"

"我们真的就让她这么躺着吗？"弗里德里希难过地说。

"不能只因为你喜欢草莓，大家就都得喜欢草莓。"大刺说，"掩埋尸体也一样，即使你接受不了。如果我们把一大块石头放在她身上，你会感觉好一些吗？"

"不！"弗里德里希生气地说。显然，大刺并不理解，掩埋尸体意味着尊重。

"走吧，让逝者安息吧。"大刺一边劝一边推他起来。弗里德里希不甘心地起身离开了。

"你确定她是老死的吗？"当大刺慢慢盘旋着飞上天时，

弗里德里希闷声闷气地问。

"非常确定。"大刺平静地回答。

"如果……"弗里德里希若有所思地说，"如果我在完成任务的过程中死掉了，你会把我埋了吧，会吗？你不会让我躺在某个地方成为鸟食吧？"

"我没有手指，所以不能用铁锹挖坑埋你。"大刺回答，"但是我也许能找一块大石头。"弗里德里希听不出他是认真的还是在开玩笑。

几小时后，弗里德里希才发觉，那个金属环还在自己的口袋里。现在，他竟然成了从死尸上拿东西的小偷。但是，大刺无论如何都不肯返回去。这个小插曲把弗里德里希折磨得心力交瘁，过了很久他才稍稍振作了一点儿。

第四章

绿 洞 侦 察

10

初窥绿洞

第二天晚上，弗里德里希对格瑞罗·塔尔帕这个神秘的名字又多了一些了解。风尘仆仆的大刺和弗里德里希找了一家旅店过夜。这家旅店所在的城市位于桦树的树枝间，因而它总在随着树枝摇摇晃晃。住在这么又高又晃的地方，需要有一个健壮的胃，好在弗里德里希那时没什么不舒服。所以，他倒觉得树叶的沙沙声和从叶子中间透出来的城市房子的点点灯光很浪漫。

弗里德里希在旅店门口的书架上看到了一本破旧的书，书名是《北境中部：旅行者的圣地》。弗里德里希不假思索地拿

着它来到饭厅坐下，查找他们的下一个目的地。

绿　洞

一个历史悠久的留驻之所，位于击锤城以南。周边绝美的风光和独具一格的旅店风情，一直以来吸引了不计其数的游客，同时这里也是北境引以为傲的圣地，欢迎游客们前来，但是最好在夜幕降临之前离开，因为那里时不时会发生打架斗殴。另外，据暗地里传言讲，那里会进行一些地下交易。不过，这些交易在当地并不违法，或者至少不会被追究，所以绿洞的创办者、老板兼大厨格瑞罗·塔尔帕允许顾客们在他的旅店里进行各种各样的交易。那里的美食非常值得推荐，特别是水芹汤。

大刺佝偻着腰坐在桌子旁，一下一下慢慢点着头，像是一边等餐一边打起了瞌睡。

"这个绿洞，好像确实是一个吸引人的地方。"弗里德里希抬高嗓门儿说，想试探大刺是不是真的睡着了。

"旅店老板只是塔尔帕的副业，他其实是一个走私犯。"大刺抬起眼，毫不避讳地说，"在他的顾客中，守护者大概占到七成。塔尔帕成功地拉拢了他们，把生意做得风生水起。在

119

北境边界以内，商贸免税。但是与南境进行的边境贸易当然需要缴税。塔尔帕想方设法地规避这笔费用，但是他从来不会亲自出面。他只当'操盘手'。而且，他还能从守护者那里及时了解到各种大大小小的风声。如果有谁知道守护者和峡谷是不是有关联，那么一定非塔尔帕莫属。"

"你觉得，他会告诉你吗？"弗里德里希问。

"当然不会。"大刺不屑地说。

"他知道你是谁吗？"

"如果他不知道，我干脆就别干了。"大刺粗声粗气地说，"那简直是无能的证明。"

他们在赶到绿洞附近之前，就早早开始做准备了。这一次，大刺一定要确保他不被认出来。他在一个煤窑花了一点儿小钱，让对方允许他在煤堆里打了几个滚儿。现在，他看起来比以往任何时候都黑。然后，他们又买了一盒黑色的鞋油，大刺把它涂在了翅膀上。

"好啦，我看起来就像一只地地道道的木蜂，是不是？"他一边说一边在弗里德里希面前转来转去。

弗里德里希这辈子只见过一次木蜂，而且还只是远远地观望了一下。但是，大刺看起来的确够黑，而木蜂通常也是黑色

的，所以弗里德里希点了点头。

"我们这次还用在羊头城的那一套说辞做伪装——我们是空中信使，要把一份邮件送往……呃，我们就说，送往击锤城。至于更多的情况，我们出于保密的考虑不便透露！"大刺眨了眨眼，"我们只是去喝一杯，顺带时不时提一提我们在峡谷制造的大爆炸。这样一来，我们就能了解他们的真实反应了。"

"我其实不想当乌鸦嘴，"弗里德里希跟着说，"但是如果他们……只是假设……识破我们，会怎么样？"

"噢，那可不怎么愉快了。"大刺笑呵呵地说，"他们可能会揍我们一顿，再把我们赶出去。或者，给我们浑身涂满焦油，拔光我们的毛，塔尔帕喜欢这样处置那些吃霸王餐的家伙。如果情况更糟的话，他们可能会折磨我们，拷问我们到底想干什么以及知道些什么。"

"不，别折磨我。"弗里德里希在说话间已经感觉脊背一阵阵发凉，"不等他们拿出指甲锉，我就全招了！"

"你对他们其实也没什么用，"大刺说，"如果他们抓住了我的话。如果要我把知道的事全部告诉他们，可能花上几个星期都讲不完。而且，这还根本没算上刑讯的时间。"

"不管怎么样，我一点儿都不想去绿洞了。"弗里德里希一边嘀咕，一边用袖子擦拭护目镜的玻璃片，"那一定是一个阴森可怖、龌龊不堪的地下洞穴，周边几千米之内都不会有正常生物！"在他的想象中，洞的四壁全是黑色的岩石，洞里黑暗、潮湿、阴冷。冰冷的水滴从岩石上慢慢滑落，滴在面目狰狞、衣衫褴褛的顾客身上，而且他们还都戴着眼罩，拿着残破不全的武器；神秘莫测的格瑞罗·塔尔帕端坐在高处俯视着一切，就像一个高大恐怖的影子，隐在黑暗之中。

然而，当弗里德里希看到绿洞的时候，他却完全被迷住了。绿洞位于一棵倒下的大树的根部，树根拔起后留在地上的坑变成了一个水池，池水幽深清澈。水面上，水黾在浮萍间嬉戏。池水深处，一些龙虱在四处游动。水池上方的树根处挤满了形形色色的顾客，阳台上和窗户里万头攒动，时不时地有顾客被扔出窗外——好在那些家伙都会飞。

他们到达绿洞时，正好赶上了营业高峰期，绿洞里挤满了下班后来消遣的顾客。不管怎么样，到了就好，因为弗里德里希的肚子早就咕噜咕噜叫个不停了。"我们这下子可以看看格瑞罗·塔尔帕的厨艺是不是真的不负盛名了。"他边说边毫不迟疑地赶在大刺前面进了门。门厅宽敞极了，十个顾客并排通行都没有问题。

"哈，低调点儿，否则他们会以为我们是餐馆点评家

呢。"大刺打趣道，"这里的浮萍是刚从水池里捞出来的新鲜货，值得一尝！"

"你以前常来这里吗？"弗里德里希惊讶地问。他原本以为，大刺只有在万不得已的情况下才会来这里铤而走险。

"哈，我年轻时常来。"大刺说着冲弗里德里希眨了眨眼，"但今天只为公事。"

他们沿着一段又宽又长的阶梯向下走，一路挤过熙熙攘攘的顾客们。支架上的火把照亮了昏暗的通道，一条条树根在四周的墙面上延伸，沿路岔出一个又一个房间，阳光穿过每个房间的窗户照了进来。随后，弗里德里希和大刺面前又出现了一段阶梯。于是他们顺着台阶，一直走向树根深处。当他们经过一个昏暗的房间时，弗里德里希的目光一下子被吸引了过去。房间里，一群家伙静静地坐在一道木珠串成的帘子后面，卖力地吸着水烟斗中的烟雾。整个房间弥漫着烟雾，就像桑拿浴室一样。但是，让弗里德里希感觉恐怖的是，这些家伙一动不动，也不说话，只是坐在那儿。

"大刺，"他拉了拉搭档的翅膀小声说，"他们这是在做什么？是不是不太对劲啊？"

"哎，他们都被骗了。"大刺向房间的方向示意了一下，"他们吸了加热的瓦尔迷。这是瓦尔迷的另一种用法。你还记得吧，如果喝了瓦尔迷，就会被催眠。但是，吸食瓦尔迷并不会睡着，而是会进入'五点钟的幻境'。"

弗里德里希立刻明白了大刺的意思："你是说在清晨有时会有的那种半梦半醒的感觉？就像在凌晨五点？"

"没错。听说，他们在'五点钟的幻境'中会产生很多精彩绝伦的想法。可是，一些因为睡眠好从来没体验过'五点钟的幻境'的，就用瓦尔迷来帮助自己。这样做可能有一些好处：在凌晨五点，常常可以把事情看得更透彻。到了白天，脑子里装了太多的事情，不能真正好好地思考。唯一的问题在于，吸了瓦尔迷之后，有可能再也忍受不了那种脑子里庸庸碌碌、纷繁杂乱的日常状态了。于是，他们会一直吸食瓦尔迷，坐在那里，酝酿各种奇思妙想，却不会着手实现任何想法，因为他们只会忙着吸那些烟雾。"

"呃，太可怕了。"弗里德里希小声嘀咕，"这合法吗？"

"如果要禁止吸瓦尔迷的话，恐怕也要禁止自然产生的'五点钟的幻境'了！走吧，我们去下面的酒吧。在这个时候，那里最有意思。"找到酒吧并不难。所有顾客都涌向那个方向——树根的更深处。太阳的光线早就消失不见了。通道越来越宽，两边不断出现供顾客吸食瓦尔迷的小房间。最后，大刺和弗里德里希来到了一段宽敞的阶梯前。左侧的台阶非常低，越靠右

面,台阶越高。大家可以根据自己的腿长选择从哪面往下走。

大刺酸溜溜地笑了笑:"瞧,这就是我说的舒适。在台阶高度的问题上,无区别地区别对待!"

"任何台阶都不会比你的冷笑话更冷。"弗里德里希咕哝道。

他们来到了一间宽敞的厅堂。一些树根从上向下延伸,像柱子一样在天花板和地面间撑出了一个空间。厅堂门口的正对面有一个舞台,舞台前遮着一道破旧的绿色天鹅绒帘子。而大厅的外围其实就是一个涂着绿漆的吧台。像那段阶梯一样,吧台的左面也非常低——这边坐着果蝇和多羽蛾;越靠右面,吧台越高——最右边坐着夜蛾和老鼠。

"那本旅游指南里就是这么写的,"弗里德里希一边和大刺朝吧台走,一边惊讶地说,"真的独特又美丽——只要他们不把顾客扔出窗外或者往顾客身上涂油拔毛。"他倚着吧台,用指甲试探性地敲了敲绿漆。

"怎么?你打算不付账就偷偷溜掉吗?"一个声音在他的头顶上响起。一开始,弗里德里希完全没意识到那是在跟他说话。他抬头一看,一只长着六条腿的竹节虫正在用四条腿擦玻璃杯。

"当然不是。"弗里德里希慌忙回答。他被吓了一跳,竟

然没发现那只是一句玩笑话。

　　"哦，那么你就不需要害怕。"竹节虫对他眨了眨眼睛说，这让弗里德里希觉得实在不合体统，"虽然惹到老板的蠢货不会有好果子吃，但是老板对其他顾客还是很和蔼的。"

　　"老板是谁？"弗里德里希装出一副懵懂无知的样子问。

　　"当然是格瑞罗。他在那上面，那位大个儿。"竹节虫伸了伸腿。弗里德里希顺着看去，这才发现那个身影——那家伙看起来就像从自己的噩梦里走出来的。那是一只土棕色的蝼蛄，比大刺高出一倍，长着两只像铲子一样的"大手"，胸前的甲壳上布满了划痕和伤疤。在那些小个子的顾客们面前，格瑞罗·塔尔帕就像一座高耸的塔楼。当他弯下腰，平视着一只矮小的知了，尽可能地轻声说话时，那样子几乎有些搞笑。他的声音听起来就像从生锈的铁桶里传来的，即使压低嗓门儿，说话声也会传遍整个大厅。弗里德里希惴惴不安地想象，如果塔尔帕想"赏"谁一记耳光，那双像铲子一样的"手"会带来什么后果。

　　这时，大刺已经舒舒服服地坐在了高脚凳上。"我们要两大杯啤酒。"他说，"这里有什么吃的？"

　　竹节虫隔着吧台，递给他们两张印着饭菜和饮品的硬纸板。弗里德里希看了看他的那份，在纸板的最底部发现了一行说明——在绿洞故意伤害其他顾客、偷盗或行骗者，一经发现，不得对因此遭受的任何可能性损伤索要任何赔偿。

"这里真酷。"弗里德里希嘀咕了一句。

大刺若无其事地笑着拍了拍他的肩膀，毕竟他们此时正在竹节虫的眼皮底下。"这种情况很少发生。谁在这里被发现做了不该做的事，谁就会自食其果！"

"是吧，"弗里德里希一边底气不足地说，一边琢磨如果他们被揭穿会遭遇什么，"谁会做这么蠢的事？"

11

赤条蝽的秘密消息

大刺点了两份浮萍汤。在他们等餐的空当，大刺那老练的
目光已经把整个厅堂扫视了一遍。他是不是已经有了可供打探
消息的人选了？

"小伙子们，"竹节虫在他们身后说，"汤还要过一会儿才
能好——浮萍刚刚用光，但是我们已经让服务员下水去取新鲜
的了。你们要不要去桌旁坐下？等汤好了，我会给你们送过去
的。节目马上就要开始了，你们在吧台这里可什么都看不到。"

"节目？"弗里德里希问。

"嗯，娱乐活动，"竹节虫边说边擦起玻璃杯来，"六点开始。"

"那我们最好先去占座位。"大剌说完，拉起弗里德里希就走。

"可是，大剌，"被拉向桌子的弗里德里希用小得不能再小的声音说，"如果现在演节目，我们就不能找谁打探消息了。我们不就白来一趟了！"

"难道你想冲到门口嚷嚷：谁愿意告诉我们一些消息？"大剌对他说，"不，我们得表现得若无其事。先一边喝汤一边欣赏节目，然后——当他们都喝得微醉并因此放松警惕时，我们就更容易行动了。"

大剌拉着弗里德里希从厅堂的一头走到另一头，终于在一张桌子旁找到了座位。那里已经坐了几位目光严肃、缄默不语的顾客。当弗里德里希和大剌对他们愉快地说"晚上好"时，他们总算勉强笑了笑；不过他们看起来并不是对弗里德里希和大剌有意见，只是消极厌世而已。弗里德里希和大剌缩回了头，也沉默地等着他们的汤。

这时，一只戴灰色硬礼帽的蚱蜢吃力地爬上舞台，站在了绿色的天鹅绒幕布前。"尊贵的观众们，"他扯着嗓门儿喊——那副装腔作势的恭敬样子，引来了一阵笑声，"今天晚上，绿洞里还将上演精彩绝伦的杂技节目！配乐由我们迷人的

艾尔莎小姐负责。"说着,他指了指一只坐在舞台旁的胡蜂,她的膝上此时正放着一架红色的大手风琴,"那么首先开始我们的热场节目,有请克斯尼鲁斯大帝和佩皮!"

说完,蚱蜢跳下了舞台。紧跟着,一只瓢虫磨磨蹭蹭地拖着一个小板凳爬了上去,然后一屁股坐在了上面。接着,他从鞘翅下费力地掏出一个手偶。

"噢,腹语表演者!"弗里德里希开心地说。

"佩皮,你今天过得怎么样?"克斯尼鲁斯大帝问他的手偶。那个手偶看起来也像一只瓢虫。

"不太好。"手偶尖声说,观众们几乎没看到克斯尼鲁斯的下颚有丝毫动作,"我有种奇怪的感觉。"

"嗯,你这一身看起来,确实方头方脑傻乎乎的。"克斯尼鲁斯同情地说。然后,他屏住呼吸,大概在等观众们的笑声,但是下面鸦雀无声。于是,他只好自己给自己打圆场,找补道,"多奇怪呀,你明明长了一身小圆点,没有方格。"

没有一个观众好心地笑一下。克斯尼鲁斯大帝尴尬地咳了一声,赶紧转入下一个情节。只听佩皮接着说:"但是,今天晚上这里有很多有趣的人!我想带着手偶去第一排转一转!"

"那你必须等到它学会走路才行。"克斯尼鲁斯提醒他。

有谁在最后一排笑出声来,但是马上又闭上了嘴巴。

"他不怎么好笑。"弗里德里希对大刺小声说。

克斯尼鲁斯大帝仍然没放弃："告诉我，佩皮，一张桌子和一只甲虫之间有什么差别？"

"不知道！"

"一张桌子有四条腿，一只甲虫有六条腿。"克斯尼鲁斯大帝皮笑肉不笑地说。

"桌子不会讲糟糕的冷笑话！"左边有谁大声喊。

听到这话，克斯尼鲁斯大帝把手偶往舞台上一丢，生气地走了。舞台旁的那只胡蜂拉了一下手风琴，观众们兴奋地鼓起掌来——只是因为克斯尼鲁斯大帝的表演终于结束了。

这时，中间的报幕环节直接被跳过去了。一定是有什么精彩刺激的节目马上要上演了，两只蜥蜴麻利地把一个木制的大圆盘架上支架。

"现在要演什么？"弗里德里希问。圆盘上满是刀痕。他们该不会要进行飞刀表演吧？

没等到回答，只见一只穿着红色泳衣的榛睡鼠已经飞跑上舞台，背靠着大圆盘，把四只脚钻进钉在圆盘上的皮圈里。跟她一起上台的，是一个年轻的姑娘。那位姑娘穿着破旧的条纹套装，腰里真的系着一条插满了刀子的腰带。

"晚上好！"那个姑娘对观众们大声说，"我是特鲁德，

这位是我迷人的助手内莉。我们接下来要表演的节目，一定会让您紧张得连大气都不敢出！"

"您二位的汤。"一个鼻音很重的服务员在弗里德里希身旁说道，随即把两个冒着热气的碗放在了他们面前。但是，不管是弗里德里希还是大刺，都没怎么注意到汤。他们正目不转睛地盯着舞台。

"天哪，"弗里德里希呼吸急促地说，"你觉得第几刀会命中？"

"你刚才应该赌一把。"同桌一个目光阴郁的男人说，"他们在吧台打赌。"

"他们赌那只睡鼠什么时候会被刺中吗？"弗里德里希吃惊地问。

"对，每天晚上都会有一群游客打赌，"男人幽幽地一笑，"每天晚上绿洞都会大赚一笔。常客们都知道，特鲁德从来不会失手，她的技术实在太好了。不过，游客们要看过几次才能明白这一点。"

这时，飞刀表演者已经站在目标前面开始瞄准。内莉看起来很紧张。弗里德里希简直不敢直视。

第一把刀在嗡嗡声中穿过空气，啪的一声插进了圆盘边缘。第二把紧随而至。榛睡鼠好像松了一口气。观众们开始鼓掌，这比那位无聊的腹语者有趣多了。

第三把刀直接插在了榛睡鼠头顶的木板上，这次她吓了一跳。很快，第四把刀飞了过来，擦着她的耳朵呼啸而过。榛睡鼠吓得眼睛骨碌碌直转。

这时，圆盘转动起来。它慢慢旋转，榛睡鼠已经头朝下了，而飞刀表演者早就又扬起了手臂。内莉把头扭向一边，好像根本不敢睁眼看了。

大刺冷哼一声，笑了，说："好演员！"

圆盘越转越快，一把把飞刀贴着榛睡鼠的耳朵飞过，观众只能听到嗖嗖的响声。弗里德里希正准备把汤勺送到嘴边，但是手却不由自主地停在了半空中。最后，圆盘扎满了飞刀，看起来简直像一个针垫。看到榛睡鼠毫发无伤地从停止转动的圆盘上下来，弗里德里希这才松了一口气，收回了目光。

飞刀表演者和她迷人的助手走到舞台边缘鞠了一躬，观众们兴奋得直敲桌子。弗里德里希终于可以开始吃饭了。汤还算可口，至少弗里德里希这么觉得——他从来没想过自己会吃浮萍。但是，大刺一遍遍信誓旦旦地告诉他，这是非常好的浮萍。

这时，那只蚱蜢又跳上台——他看起来也大大松了一口气，预报了一个歌唱节目。随后，一只鹡鸰一路跳着来到舞台

上，用假声唱起歌来；弗里德里希几乎听不懂他在唱什么，他的声音太聒噪了。但是，这样也许更好，因为这些歌的词常常很空洞。弗里德里希觉得好像听到了去公园散步什么的，不过，他的注意力现在完全放在了汤上。

当鸫鹨从舞台上跳下去时，弗里德里希已经吃饱喝足，心情十分舒畅。如果他们现在用不着打探守护者的消息，那么今天晚上简直完美！然而，大剌已经开始行动了。

"那只鸟不错。"他一边说一边冲着舞台的方向赞许地点了点头。不过，他说话的对象并不是弗里德里希，而是全桌的顾客。"我见过他，就在不久前，我想想，在南境……那个地方叫什么……就在峡谷附近——哎，我现在想不起那个地名来了。"

没有顾客搭话，桌旁的他们就像看不见他一样。

这时，蚱蜢又上台了。

"现在有请今天晚上最后一位艺术家——"他大声说，"安娜塔西亚·格鲁布施将用盘子为大家表演杂技！"一只红色的小蜻蜓兴奋地从他身后蹿出来。她用细腿夹着一打盘子，飞上舞台，说演就演——几乎没给蚱蜢留一点儿离开舞台的时间。她两条腿直立着，用另外四条腿耍玩那些盘子，盘子在她的触角周围飞转。时不时地，蜻蜓还会动用两对翅膀：每当盘子险些从身后掉落时，就会被翅膀接住。

弗里德里希兴致勃勃地沉浸在杂技表演中。偶尔有盘子掉在地上摔成碎片，但这丝毫没有影响到蜻蜓和观众。蜻蜓的表演热情感染了所有观众。最后，她收起盘子——完整的和破碎的，深深地鞠了一躬，在观众们的掌声中退出了舞台。

这时，弗里德里希开始想方设法和同桌的那几位搭讪。"大家也可以赌她会掉多少只盘子吗？"他问。那几位沉闷地看着他，不过最后还是有一位发了"善心"。

"不，蜻蜓没什么好赌的。"他慢条斯理地说。顿时，弗里德里希觉得自己的问题有些幼稚，不过转念又觉得那个答话的也不怎么友好——他看上去就一副不可一世的样子。

"我要再去拿一杯啤酒，哪位需要我带一杯吗？"大刺一边和气地问，一边环顾了一下四周。没有回应，于是他离开座位，把弗里德里希一个人留在了原处。

弗里德里希还记得，大刺在羊头城的烧烤店是如何让他落单的。当时，他和同桌的伙伴聊得不错，也许这次他还能走运。"这些表演节目的演员是从哪里找来的？"他不依不饶地追问。

"他们自愿报名的。"刚刚答话的那个家伙说。不过，他这次至少不再那么傲慢了，"塔尔帕从北境的四面八方把他们

招募来，有的甚至来自南境。"

弗里德里希向前倾了倾身体。"只有守护者才能在这里工作吗？"他小声问。

"守护者？"那个家伙并没有放低声音。其他几位向弗里德里希投来了怀疑的目光，因为他刚刚说话的声音有些反常。

"事情是这样，"弗里德里希紧张地解释，"我是一个逃脱艺术家。"

桌边的几位相互交换了一下眼神。"你？"那个家伙问。

"对。"弗里德里希说。他直视着那个家伙的眼睛，开始夸夸其谈，"我已经隐退很久了。不过，我现在想重操旧业。我很喜欢这里。我想，我愿意在这里登台献艺。"

"你不必成为守护者。"那个家伙不屑地说，"在这里表演都有报酬，就像其他地方一样。"

"那如果我想做守护者呢？"弗里德里希问，紧张到脖子发硬。

这下，那几位的疑心彻底被唤醒了。他们不仅不肯再回答弗里德里希的问题，而且连看都不看他了。

这次的运气真是"棒"极了。弗里德里希尴尬得脸直发烫。他急忙含糊地编了个借口，仓皇离开桌子，去找大刺。大刺也许会挖苦他，因为这本来是一个和敌人攀谈的好机会，他却搞砸了。

弗里德里希带着一张大红脸，朝吧台的方向走去。但是，他刚走到半路，就被夹在顾客中寸步难移。

"抽烟吗？"一个仿佛带着烟味的低沉声音在弗里德里希身后问。一开始，他还以为跟他搭讪的是一个男人。弗里德里希转过身，他身后站着一只高高胖胖的赤条蟥。显而易见，这是一只雌性赤条蟥。她身披火红色和黑色相间的优雅长条纹，拿着一个木制的小托盘和一个烟嘴儿，烟嘴儿里闪着一小圈火光，浓烈的烟味扑面而来。在她的左触角后，还插着一撮漂亮的羽毛。

赤条蟥一直盯着弗里德里希，好像在等他回答。弗里德里希这才反应过来，刚刚跟他说话的是她。也许，她已经抽了几十年烟，声带才被熏成这样。

"呃，对不起，我没有烟。"弗里德里希礼貌地说。

赤条蟥听后仰起头哈哈大笑，那声音听起来就像有人正拿着一块石头在搓衣板上来回蹭："哎呀，你可真是一个小可爱！不，我刚刚是问，你要买烟吗？"

"我也不买，谢谢。"弗里德里希尴尬极了，头开始隐隐作痛。他只想离开绿洞，这里的每一位似乎都觉得他很可笑。

"嗯，你确实还不到抽烟的年龄呢。"赤条蟥娇笑着说，

还伸手轻轻摸了一下他的下巴。弗里德里希惊得险些发火。"别这么生气，我没想吓你。"赤条蜂笑道。

弗里德里希觉得自己的面部表情正在慢慢失控，那种沮丧的感觉像潮水一般涌向他。他脸上的愠色越来越重，就好像在跟他的想法作对一样。为了挽回一点儿面子，他深吸了一口气，说："我没兴趣开玩笑。"

"是吗？"

"是的，我今天一直倒霉透顶。"他的声音听起来可怜兮兮的。

"他们不肯跟你玩，对吧？"赤条蜂拍着他的肩善解人意地说，"啊，你坐在那些守护者中间吃饭时，我就注意到你了。"

"哦，很好，"弗里德里希小声说，"那些就是守护者？我跟他们不欢而散了。"

赤条蜂又笑了起来："哎，他们有时候太刻薄，那些守护者，特别是奥托。他们对谁都爱搭不理，但是我们可以搞定。"她对弗里德里希使了一个眼色。

"我们能搞定？"弗里德里希底气不足地说。

"没错。你凑近点儿，让我老埃尔斯贝特告诉你一两件事，下次你再见到他们时就会判若两人。你知道吧，那些守护者不会花力气赶走申请加入的新人，即使提出申请的是像你这样的毛头小子，他们会惊讶于你所知道的一切。"

弗里德里希终于明白了。这只赤条�以为他真想成为守护者，所以要帮他！这简直是歪打正着！

他抬起头，充满期待地说："你可以告诉我什么？真的吗？那太棒了！"

赤条�又使了一个眼色，把胳膊搭在弗里德里希的肩膀上，把他拉到了一旁。弗里德里希一点儿也不喜欢这样，不过这似乎是她的习惯——她喜欢抓着别人；而且她看起来也没有恶意，于是弗里德里希任由她把自己拉到了角落里的树根柱子后面。

"事情是这样的，"赤条�神秘兮兮地俯下身，对他说道，"奥托喜欢装腔作势，但是他其实并不是无所不知。这让他感到恼火。所以，如果你想投其所好，你必须告诉他一些他不知道的事！"

"我知道啊，"弗里德里希兴奋地说，"比如峡谷里最近发生了一次大爆炸！我当时正巧在那里。"他又补充了一句。

"哈！"埃尔斯贝特用沙哑的声音说，"守护者早就知道这事了。"

"那他们也知道是谁干的吗？"弗里德里希瞪大眼睛问。

"不是守护者干的，他们不会这样做。"埃尔斯贝特笑着说，"但是他们会想知道的！毕竟爆炸发生在他们的地盘！"

"我听说，有人在那里存放了一些火药，打算用它炸飞南境的堡垒。"弗里德里希说，努力做出一副无辜的样子。

"可能吧，"埃尔斯贝特若有所思地说，"守护者当然想知道，谁在插手他们的事！他们不喜欢南境在边境的所作所为，更不喜欢对一些事情一无所知！"说着，她又笑了起来，"峡谷大爆炸对他们而言就是一个谜。"

"他们在那里找不到一个了解情况的吗？"弗里德里希紧张地追问。

"当然，守护者第一时间赶到了现场，但是营地上一片荒凉，四周一个活物都没有！他们已经逃之夭夭了，那些胆小鬼们。"埃尔斯贝特说。

弗里德里希聚精会神地听着。

"但是如果你真想说点儿能让奥托看重你的东西，"埃尔斯贝特继续小声说，"那么你就告诉他：金色熊蜂又在北境现身了。他还不知道这件事，这是最新消息。就在几分钟前刚报来的。你快去告诉他。这样一来，他就不会再赶走你了！"

弗里德里希被口水呛了一下。"金色熊蜂？"他哑着嗓子说，"他有什么特别之处吗？"

　　"你可以说，"埃尔斯贝特用粗哑的声音笃定地说，"他是南境的一个重要头目，是特工队长！如果他出现在这里，就说明南境有事情发生。而且一定不是什么好事，因为南境向来常常只有祸事。政治风云涌动，呃，我对政客们的权谋不感兴趣——但是守护者应该会关注这些！"

　　"他们对金色熊蜂还知道些什么？"弗里德里希紧张地问。糟糕，希望没有谁跟踪他们！

　　"一开始，他们在牙山见过他，四天前，一路向东，"赤条蟥特别提醒道，"去往峡谷的方向。奇怪吧？然后，两天前他出现在桦树林，接着向北行进。鬼知道这背后隐藏着什么！不管怎么说，奥托会感兴趣的！"

　　弗里德里希紧张得心都揪起来了，他使劲地点头："是的……这非常有趣……"

　　"好了，年轻人，如果你要去的话，就站直了！"埃尔斯贝特戳了一下他的屁股。弗里德里希吓了一跳，一下子站得笔直，"对了，挺胸，收腹，信心十足！然后，你就告诉他，你真的渴望成为一名守护者；另外，你还有一个很有价值的消息要告诉他。这样，你就能被留下了！"

　　弗里德里希使劲地点头，他的耳朵变得通红。

　　"你一定要表现出，你的想法很坚定！"埃尔斯贝特又轻

轻捶了他一下，"不要酒精上头傻乎乎地献殷勤，就像那边的家伙一样！"

12

格瑞罗·塔尔帕

　　弗里德里希顺着她指的方向看去，只见哲罗姆·大刺坐在奥托旁边的高脚凳上，用两条前腿举着两个大啤酒杯，正喋喋不休地讨好那些看起来凶巴巴的家伙们。

　　"不过朋友们，我没跟你们开玩笑！"大刺醉醺醺地说。但是，弗里德里希知道，那醉态一定是假装的，他根本没喝多少，"那里有火药，哎，什么都可能发生！无论谁都可能办得到！只要一个火星，就会全都炸了……"

　　"滚。"奥托冷冷地说，同时一把推开了大刺举到他跟前的啤酒。

"不过朋友们，为什么这么不友好呢？"大刺口齿不清地说。

"今天晚上，有太多家伙提了太多愚蠢的问题。"坐在大刺旁边的甲虫嘟哝。

弗里德里希的第一个念头就是冲过去拉走大刺，趁守护者们还没对他动怒。但如此一来，守护者一定会知道，两个东打听西打听的蠢货是一伙的，而且并不会无缘无故地出现在这里；然后他们两个可能会不可避免地被痛打一顿。于是，他只好站在原地，拼命祈祷大刺速速离开。

就在这时，那个像巨人一样的大块头——格瑞罗·塔尔帕突然端着托盘出现在大刺身后。"给，"他用雷鸣般的声音说，"你们的啤酒，小伙子们！"但是，他并没有放下托盘，而是漫不经心地把它斜了一下。啤酒杯滑下来，有几只砰砰地掉落在地板上（幸亏它们是锡制的），里面的啤酒全都洒在了大刺的后背上。

"哎哟！天哪，对不起，我今天怎么这么笨手笨脚的！"塔尔帕闷声咕哝道，但似乎毫无歉意。难道塔尔帕想赶走大刺，所以故意溅湿他？但是，接下来，弗里德里希的心漏跳了一拍：大刺屁股上的煤灰被啤酒冲掉了，金色的鬃毛浸着酒渍闪闪发光——只有一点点，需要特意寻找才会发现。但是，它逃不过老练的眼睛。塔尔帕太精明了！他识破了金色熊蜂的伪装，但是除了他，也许还没有谁发现——连大刺自己都不知道！

弗里德里希又朝角落深处缩了缩。他现在能做的最蠢的事，就是直接走向大刺提醒他。但他必须找一个守护者看不到的地方跟大刺碰面。弗里德里希千方百计地尝试和大刺对视，给他使眼色。但是，大刺正在和守护者们拉关系，忙得不亦乐乎，根本没注意到弗里德里希。

"怎么，你不敢？"埃尔斯贝特一边在后面问，一边向前推他。

"我马上去，"弗里德里希说，"等那个白痴走后！"

"好，你可以的！"埃尔斯贝特给他打气。

但是，大刺仍然没有要走的意思。终于，他拿过格瑞罗·塔尔帕搭在胳膊上的擦拭布，开始轻轻擦身上的啤酒，嘴里还一直说着含混不清的醉话。

"对不起，先生们，我得迅速去收拾一下。"他说着，摇摇晃晃地走了。

"就是现在了。"弗里德里希立刻冲了出去。他听见身后传来埃尔斯贝特的声音，她还在提醒弗里德里希态度很重要，而且出场要自信。

弗里德里希走到厅堂中部，隐没在一众顾客里。他躲在一条条腿中，想等待大刺出现。但是，当他看见大刺走到一扇大门旁时，他几乎快被挤到厅堂边缘了。被推到墙边的弗里德里希一猫腰，见缝插针地挤过大门，来到大刺身后。

"弗里德里希，我在这儿！"大刺兴奋地说，"我正想去洗手间把自己擦干！"

"你被认出来了。"弗里德里希用低得不能再低的声音说。

大刺立刻严肃起来。"走，跟我来。"他说。

他们来到一个通道。这里很少有顾客经过，而且他们的注意力都放在通道左右两边的墙上，生怕错过那两扇亮着防风指示灯的洗手间大门。越往后走，通道越暗。大刺把弗里德里希拉到黑暗之中。"怎么回事？"他问。

"塔尔帕知道你是谁了。"弗里德里希结结巴巴地说，"啤酒把煤灰冲掉了！"

"天哪！"大刺说着立刻扭过身，仔细查看自己的屁股。

"我们现在怎么出去？"弗里德里希忐忑地问，"他们肯定不会放我们走，对吧？"

"塔尔帕不想在顾客面前大动干戈，但是这也保护不了我们多久。"大刺好奇地望着通道的一个拐角，向前爬去，"他们认为我们会从前门逃跑，我们就去他们完全意想不到的地方！"

绕过拐角，他们面前出现了一道大门，门上写着"私用！"。大刺不管三七二十一，推门走了进去。

这里不像洗手间前的通道那样一片漆黑，而是灯火通明。门两边像树杈一样延伸出一条条铺着瓷砖的小路，通向一间间擦拭得泛着金属光泽的厨房。绿色的浮萍在一口口大铜锅里咕嘟嘟地沸着，两只忙碌的蟑螂在器皿和灶台之间急匆匆地走来走去。

"没错，我们来这儿就对了。"大刺喘着粗气说，"哪里有厨房，哪里就有储藏室。"

"我们找储藏室干什么呢？"弗里德里希跳到他身后，担忧地朝一间厨房里张望。从房间里的铜罐和管子来看，那好像是一个酿酒室。而且，一股浓郁的啤酒味已经飘了过来。毕竟，啤酒在这家店随处可见，原来还是自酿的！

"想一想，"大刺说，"他们要把这么多吃的和喝的运进绿洞，却没有经过吧台区和走廊。那么，这里一定有货物入口，甚至可能有很多个！我们可以从这些地方逃出去。"

他推开一道门，把头探了进去。伴随着一声尖叫，门啪的一下关上了。"对不起，女士，不好意思！"大刺大声说，连忙拽着弗里德里希就走。如果熊蜂会脸红的话，他现在一定是

满脸通红。他一边走一边尴尬地说，"塔尔帕应该在员工们换衣服的房间门上挂一块警示牌！"

弗里德里希实在控制不住自己的好奇心，问道："你吓到谁了？"

"一只鼻涕虫。"大刺心虚地说。

"一只正在换衣服的鼻涕虫？"

"对，光溜溜的！天哪，尴尬死了！"

"但是……"弗里德里希想努力理清思路，"鼻涕虫难道不是一直光溜溜……不是吗？"

"是，但是这不一样！"

"一只鼻涕虫在外面光溜溜地爬来爬去，和她在房间里面光溜溜地换围裙，不一样吗？"

"你根本不懂。"大刺一本正经地说，说什么也不肯再推开其他门。

幸好，他们没走几步就看到了一扇贴着纸条的门，纸条上写着：保鲜室——肉和啤酒。紧挨着的下一扇门上写着：蔬菜和荚果，土豆在一层。终于，通往自由的大门出现在了他们面前：供货商出入口。早上八点到十点开放。

"但是现在一定已经锁门了。"弗里德里希失望地说，大刺却一把将他推进了门里。

"没关系，我们已经把门打开了。"大刺嘀咕道。

"嘿！"突然，一个声音在他们身后响起，"你们在那里干什么？"

"快，进去！"大刺把弗里德里希朝前一推，门在弗里德里希身后砰的一声关上了。

现在，弗里德里希独自身处黑暗之中。事实上，这里并不是一片漆黑——在门的正上方，挂着一个光线暗淡的迷你灯。但是它并没有起多大作用，只在地面上投下一点点闪烁不定的影子。

当弗里德里希的眼睛慢慢适应黑暗时，他才发现这个房间真大呀。而且，整个房间立满了架子：有的架子上摆满了盘子和啤酒杯，有的架子上摆满了装着餐具的盒子，有的则摆满了切肉刀和磨刀石。绿洞的备用物资实在丰富，完全不用担心顾客们闹起来会打碎餐具。

大刺正在门外和厨房伙计交涉得火热。弗里德里希摸索着向前走，想看看这个房间的尽头在哪里。架子间隔很宽，过道的地面好像被踩出了一道深深的凹痕。如果滚着装满食物的桶从这里走，那么这些凹痕正好能派上用场。其实，弗里德里希也只需要沿着凹痕走，就能找到门。也许，门上只有一把插销，他拉一下插销门就开了；也许，门上会有一把锁，但是这

里有足够多的餐叉。他可以把餐叉插进锁眼儿里不停地拨弄，直到门锁啪的一下打开。

正在这时，他身后的那扇门突然开了。弗里德里希纵身一跃，躲到一个架子后面。摸进门的家伙原来只是大刺。"弗里德里希？弗里德里希，你在哪儿？嘿，那家伙真难缠，但是我已经让他相信，我们是来检修供水系统的管道修理工。弗里德里希？"

弗里德里希刚想站起来，门又开了，而且这次敞得大大的。弗里德里希在架子后面僵住了。

灯光下矗立着身材高大、满脸怒意的格瑞罗·塔尔帕。他啪地摔上门，像铲子一样的"手掌"在暗淡的光线中闪着寒光。

"大刺，你这个卑鄙之徒。"他发出响雷般的怒吼。

"你用不着这么大喊大叫，我不就在这儿嘛。"大刺的声音传来。如果他现在像弗里德里希一样害怕，那么他掩饰得简直太好了。

现在真是进退两难：他们尚且不知道出口在哪儿，而通往通道的门又被塔尔帕堵住了，更何况他看上去是有备而来！

"你这只可恶的肥熊蜂，你在这儿干什么？"塔尔帕生气地咆哮道。

"我只是来监视你。"大剌强硬地回答。

"要么你被降级了，只能执行巡逻任务，"塔尔帕轻蔑地哼了一声，"要么眉兰已经基本上没什么敌手，以至她现在开始对付一个穷困潦倒的酒馆老板！"

大剌转了转眼珠："穷困潦倒的酒馆老板？你吗？拜托！！！不，我想，你很清楚我为什么在这里。"

"不，但我现在非常好奇。"

弗里德里希的眼睛慢慢地适应了黑暗，他看到塔尔帕抱着两个前爪站在门前，大剌站在他面前。

大剌发起了第二轮攻势："别跟我瞎扯。你很清楚，北境眼下发生了什么。"

"我不清楚。"

"守护者在暗中行动！"

"不，否则我一定会知道的。"

"你想说，你一无所知？"大剌质问。

"是的，一无所知。"塔尔帕朝大剌俯下身，"而且，不管怎样，我觉得你也不是很清楚你刚才说的那些事。"

"我还在查。"大剌搪塞说，"但是我们先假定，你说的是实话，你真的对我说的事一无所知。这只能说明，守护者和这事没有关系。那么……你也许知道，谁可能在插手。毕竟，你的耳目遍布地上！"

"甚至常常在地下呢。"塔尔帕反感地回答。

"那么，谁在幕后指使？"

塔尔帕摇摇头，盯着大刺看了很长时间。"什么幕后？"他干巴巴地问。

"啊，"大刺意识到，他可能有必要给这位对手一点儿提示，"现在，我怀疑——我有理由怀疑，有谁在计划进攻南境。"

"如果是守护者，我会知道的。"塔尔帕冷冷地说，"而如果我知道，我会直言不讳地告诉你！我才不会怕一只可笑的小熊蜂！"

"有人想炸掉峡谷的堡垒，"大刺继续搓火，"你对此也一无所知？"

"不，这我知道。"塔尔帕冷笑了一声，他的下颚在微弱的灯光下闪着亮光，"不过我昨天才听说，事情都已经过去了。这件事不是守护者所为。如果是守护者干的，那么：第一，我事先就会知道；第二，爆炸不会被轻易搞砸。"

"是啊是啊，当然。但是到底是谁干的呢？"

塔尔帕耸了耸肩，他肩上的甲壳轻轻抖动："我只知道，这件事与我无关，也与守护者无关。"

"边境的这些动静让眉兰很不安。"大刺压着火气说，"如果南境和北境之间因此爆发战争，那么就与你们有关了，而且生死攸关！另外，没有什么麻烦是你塔尔帕觉察不到的。你一直关注着这些事，一定知道些什么。"

"我知道什么或者不知道什么，跟你一点儿关系都没有。"塔尔帕不客气地说。

"这次如果你告诉我，对我们两方都有好处！"大刺恼火地说。

塔尔帕倚着门，把上下颚咬得咔咔响。"关于峡谷那件事，"他说，"我一无所知。但是如果你想知道谁在北境做不正当的交易，就去击锤城问问吧。"

"说详细点儿。"大刺说。

塔尔帕用前足上的趾敲着自己的甲壳，慢条斯理地说："我不认为我还能告诉你什么信息。你知道眼下击锤城几乎所有工厂都被一个客户预订了，对不对？"

"我认为你能。"大刺说，"第一，你知道是谁；第二，你知道他让这些工厂做什么。"

"第一，对。克鲁佩斯，那个伪君子。"

"克鲁佩斯？"大刺惊讶得叫出了声。

"第二，不对。我不知道他让工厂做什么。这似乎是严格保密的。"

"你不能查一查吗？"大刺情绪激动地追问，"这些年来，克鲁佩斯一直想拉拢你。你就不能讨好他一下，然后……"

"这又不关我的事！"塔尔帕大声说，"第一，这又没什么好处！第二，他不会向一个新盟友透露半点儿秘密。我可能需要长年讨好他，才能搞到有意思的消息！"

"我只是觉得这可能是一个办法。"大刺小声说。

"另外，"塔尔帕用威胁的口气说，"我现在没有拧下你的脑袋，这并不意味着，我们两个联手了。你好大的胆子，竟敢来这里！我跟你没有过节，所以你可以自由离开我的绿洞。但是，如果我再在这里碰见你——或者说看见你，我就会把你扔出去。你还会被浑身涂满焦油，拔得一根毛也不剩！"

"这里也不像以前那样好玩儿了。"大刺说。

"回去找眉兰吧，坐在她脚边的天鹅绒坐垫上，"塔尔帕吐了一口唾沫说，"那儿更适合你。"

"呃，"大刺有些尴尬，"你竟然连坐垫都知道。你的消息真够灵通的。"

"你以为，只有你会暗中侦察？"塔尔帕哼了一声，说，"白仙可以告诉你，你今天早饭吃了什么！"

"哈，这有点儿夸张了。"大刺说，"但是克鲁佩斯，啧

啧啧，有意思！太有意思了！"

"更有意思的是，据说克鲁佩斯是你们的盟友，但是你却对他在击锤城的所作所为一无所知。"塔尔帕的傲慢中透着几分幸灾乐祸，"我的意思是，你们南境在选择朋友方面可不怎么精明！"

"喀，我们再看看，"大刺谨慎地小声说，"也许并没有什么特别的事情。"

"当然，当然。不过现在很抱歉，我必须回去工作了。如果不能及时拿到啤酒，有的顾客会不痛快的。"塔尔帕把抹布搭在肩膀上，"捎上你的同伙，离开这儿。要是再让我在这里看到你，但愿你到时能给我一个放过你的理由。否则——焦油和拔毛，我的朋友。"

大刺面无表情地冲他咧了咧嘴："既然你让我走，那我就走。不过不用着急。"

"走，跟上。"塔尔帕从腰带上拿下一串钥匙，朝着房间的暗处走去。

"马上，"大刺一边说一边跟在他身后向前爬，"我必须先找到那个肉粉色的小蠢货……"

"我在这儿。"弗里德里希说。他急忙从架子后面直起身来，倒把大刺吓了个半死。

房间的尽头是两扇宽大的包着铁皮的门。塔尔帕用钥匙打开锁，拉开了一扇门："好了，你们走吧！啤酒钱免了。我不想要眉兰给你的钱！"

"那就谢谢你的热情款待啦。"大刺虚情假意地说。弗里德里希刚刚爬到大刺的背上，他们就起飞了。在他们身后，门伴随着一声钝响重新关上。他们总算逃离了绿洞。

他们刚到空中，弗里德里希就开口问："克鲁佩斯是谁？"

"我以后告诉你。我们必须出发了。"

"去击锤城？"弗里德里希问，他现在慢慢知道怎么办事了。

"对。"大刺憋着一肚子气说，"这是我们明天要做的第一要事——去击锤城。"

他们只飞了一小段路，就在一根长满节疤的桦树枝上找了一处树杈歇脚。从这个位置，他们可以眺望夜色。许多灰白色的飞蛾接连从他们身旁飞过，热切地朝着月亮的方向舞动着翅膀，最后消失在了远方。弗里德里希把自己裹在被子里，觉得温暖又舒适；他迫不及待地想听一听，大刺会怎么跟他说克鲁佩斯的事。

"一个令人捉摸不透的角色，"大刺闷闷不乐地说，"他是一个魔法师。从理论上说，他还是眉兰的盟友。但是，他住

在北境，在最北边，处事圆滑，跟各方势力都有联系。所以，他也会想办法和守护者接触——要说明白，只是接触，而不是交好。塔尔帕是守护者中非常重要的人物，所以克鲁佩斯会特别关注他。如果你问我，克鲁佩斯会不会和白仙单独喝茶，那要看这对他是不是有利！"

"所以你觉得，他已经和白仙结盟了？"弗里德里希问，"但是，为什么守护者对此一无所知？"

"不知道。克鲁佩斯和白仙可能背着守护者在进行一个完全独立的计划。虽然……不，如果克鲁佩斯的确计划了一些不可告人的事，那么他很可能是唯一的幕后操控者。"

"你见过他吗？"

"他以前经常去眉兰那里做客。但是，大多数情况下，他说话就像没说一样。"大刺耸了耸关节，"他虽然会说很多客套话，但是从不暴露自己的想法。他有一座大庄园，谁也不清楚里面在干什么。因为当地也没谁能管他，他还'私设公堂'——他甚至自建了一座塔楼关押异己，据说那座塔楼牢不可破。我不喜欢克鲁佩斯。我完全相信他会蒙骗眉兰。而且，他还向眉兰暗送秋波……别咧着嘴傻笑，你这个没正经的家伙！"

"天都黑透了，你怎么就看到我在笑？"弗里德里希一边说一边接着咧嘴笑。

"但是我能听见，你就是在笑！不管怎么样，现在形势严峻。"大剌清了清嗓子，"而且，半个击锤城都在为他的订单忙碌。就冲这一点，我们也要密切关注他。"

"但是，如果连守护者到现在都没查出来克鲁佩斯在击锤城干什么，我们在击锤城能打探到消息的概率有多大呢？"弗里德里希有些泄气地问。

大剌咯咯笑了一下说："我们可是有身份的，我们是行家。我是哲罗姆·大剌，也许你早有耳闻？"

"我觉得，好的特工应该是没有谁能认得出的。"弗里德里希说完就发现，自己这句话实在太刻意了。

大剌沉默了一阵，而后用异常轻的声音说："不管怎么样，我们明天去击锤城。就这样吧。"

弗里德里希还是忍不住再挤对他一下："你今天就被认出来了。如果你没那么出名，也许情况真的会好一些。"

"那又怎么样？"大剌一副若无其事的样子，"又没出什么事！"

"只是因为塔尔帕不想吓到他的顾客们，你才没有被暴打一顿扔出去！"仔细一想，这话蹩脚得连弗里德里希自己都不信。凡是去绿洞喝酒的人，都很难被吓到——更不会因为店主

把一个顾客赶出门就被吓到。

"一派胡言。"大刺嘟嘟哝哝地说，"他之所以什么都没说，是因为……喀……"

弗里德里希的脑子里突然灵光一闪。"他在保护你，"弗里德里希心满意足地说，"在其他顾客面前保护你。"

"因为他想从我这里摸摸底！"

"因为他想先听一听你有什么话要说。"弗里德里希说，"他似乎没有那么坏。"

"你知道什么？！"大刺哼哼着说。

"我只是觉得，"弗里德里希小心翼翼地说，"在这个守护者们都憎恶眉兰的地方，这个守护者对你够温和了。"

"我觉得，你还没有意识到形势有多严峻。"大刺冷冷地说。

"哦，对了！"弗里德里希突然想起要告诉大刺一些事。刚才他们急着赶路，他就忘记说了。他故弄玄虚地说，"我今天差点儿当上守护者。"

"你？哈！这辈子都没戏！"黑暗中传来一句闷声闷气的回应。

于是，弗里德里希一五一十地把埃尔斯贝特之前告诉他的那些话复述了一遍。大刺聚精会神地听着，丝毫没有打断他。

"嗯，"终于，他开口道，"幸好你表现得蠢兮兮的！这就对了。那么塔尔帕可能说了实话，守护者和峡谷的事没有关系。现在我们得到了两方面的消息。当然，也许本来进展能更顺利。但过不了多久，每个守护者都会知道我们在这儿。"

"我本想去提醒你，但是你一直忙得不可开交。"弗里德里希叹了口气。

"确实。"大刺坐起身来，"但是，如果你之前没有在奥托和他的同伙们面前表现一番，我就可以踏踏实实地从他们那里探听虚实了。就是因为你，我险些被涂满焦油、被拔毛！"

"如果你没有从中间横插一杠，我现在已经当上守护者了！"弗里德里希反驳。

"唉，"大刺叹了一口气，有气无力地倒在被子上，"我们可真会互相拆台。"

弗里德里希禁不住笑出声来："看来你这下子每天都要去脏的地方滚上一滚了！"

"哼，在击锤城不需要。在那里，所有生物都是灰蒙蒙的。"

"怎么回事？"

"你会看到的，"大刺说着蜷了蜷身体，"你会看到的。"

第五章

击锤城探秘

13

正 常 的 订 货 单

击锤城是弗里德里希到目前为止见过的最大、最阴森恐怖、最疯狂的地方。他们到达时已经是清晨，但光线阴暗，一片灰蒙蒙的。击锤城整个儿被笼罩在一团浓烟中，大家只有非常靠近才能看清彼此；但还离得老远，就能听见城里一派嘈杂的声音。

大剌和弗里德里希在灰黑色的烟尘和雾气中穿行，身旁不停地飞过大大小小的周身闪着金属光泽的各类甲虫，还有一只只又黑又壮、驮着重物和骑手的苍蝇。

慢慢地，烟雾中开始浮现出一大团黝黑的东西。又过了一

会儿，弗里德里希才看清，那是一块高大的岩石。房屋、塔楼和大型建筑取代了苔藓，长在岩石顶上；钢支架和吊车耸立在空中，仿佛构成了一副骨架；烟囱向外喷吐着黑色的烟雾和四溅的火星。啪嗒声、咔嗒声、叮当声混成一片，钢制的铰链和绞盘嘎吱作响，沉闷的击锤声在空气中震颤——在这场震耳欲聋的交响乐中，叫喊声和口令声几乎被淹没殆尽。也许，在击锤城，说话只能全靠吼。

不只是令人眼花缭乱的岩石顶住满了人及其他生物，陡峭的斜面上也爬满了房子。石头表面还凿出了很多洞穴和竖井，里面闪着熊熊的火光。钢索绞车来回提拉重物，那些沉甸甸的东西先要由蜗牛背着运到绞车那里。到处都是苍蝇和甲虫，他们要么忙着起飞，要么忙着降落，要么正在以"死亡速度"穿梭在烟雾中。

"太疯狂了！"弗里德里希惊叫，"我可不想住在这里！"

"也只有少数需要工作的住在这儿。"大刺跟他解释，"大多数上一轮班就回家。只有这座城不睡觉。当打工者躺在床上时，机器还会继续工作。一些工厂甚至通宵达旦地运转。反正这里暗无天日，几乎分不清白天黑夜。"

他们离岩石越来越近，一路上不得不左闪右躲，好避让那些横冲直撞嗡嗡作响的甲虫，否则很容易和他们撞在一起。一开始，弗里德里希会扯着嗓子冲着他们的背影大骂一顿，但是竟没有谁回骂，甚至根本没谁搭理他。

"哎，你这是白费力气。省口气儿吧。"后来，大刺疲惫地说。弗里德里希也就把这事抛在了脑后。

击锤城那些阴暗的街道上拥挤不堪，但是大多数居民都穿着灰色的工作服。这里似乎没有一个孩子，也许他们淹没在了脏兮兮的居民中。到处是纵横交错的轨道，装满灰色岩石的货车在轨道上被推来推去。那些大工厂和大礼堂也是黑乎乎、灰蒙蒙的，房屋正面脏到几乎无法辨认。

大刺转向斜侧方，他们很快就消失在了塔楼和烟囱之间。

最先映入弗里德里希眼帘的是一座厂房，厂房正面是一扇扇糊满了灰尘的大窗户。而后，他看到了闪着金属光泽的甲虫。那些甲虫排成行，一动不动地站在厂房里。那一幕真是阴森诡异。弗里德里希刚想开口告诉大刺，他们就已经来到了另一座厂房前。这里也站着一行行的甲虫，但是这些甲虫都在拍动着鞘翅，形形色色的小个子工人围着他们快速地走来走去。

当他们经过第三座厂房时，弗里德里希透过窗户，看见满地都躺着甲虫的身子，本来应该长着头的腔子上竟然冒出了电线、齿轮和皮带。

"这些甲虫……是在这里被组装起来的？"弗里德里希难

以置信地脱口而出，"它们都是机器？"

大刺咯咯地笑出了声："我跟自己打赌，看你什么时候才会明白过来。这些机器用于市内运输。它们外形美观、实用，而且能够通过所有工厂入口。"

"它们靠什么驱动呢？"弗里德里希好奇地问。

"飞煤。那是一种特殊的化石燃料，可以释放出超强能量，而且燃烧得非常慢。前提是，它需要用正确的咒语来驱动。这是一个专门的行业，现在很多魔法师都在干这一行。"

"什么？给燃料施魔法？"弗里德里希难以置信地问。

大刺再次咯咯笑起来："对，魔法的迷人时代已经一去不复返了。在飞煤工厂，魔法师坐在轨道旁边，给煤念咒语，一货车接着一货车。这并不是一个理想的工作，但是可以带来稳定的收入。"

"克鲁佩斯也会干这些？"

大刺摇着头笑起来："不，他才不干这些。他是一个法力强大的魔法师，就像童话里的魔法师一样。他才不屑于给煤念咒。走，我们去看看哪里能弄到吃的！"

击锤城里到处是卖煎炸食物的小店和油腻腻的小馆子，街头小贩们四处兜售馅饼团子和烤野栗子，但是想找到一星半点的新鲜菜叶子似乎是不可能的事。不难发现，这里的居民并不热衷享受美食。弗里德里希和大刺走进一家名叫"鲁鲁舰队"的饭馆，一边吃午饭一边商量行动计划。

"鲁鲁舰队"就像车站大厅一样宽敞。它的屋顶由一排排被熏得乌黑的柱子支撑着。实话说，他们几乎看不见屋顶，因为烟雾实在太浓了。柱子之间由一块块和肩膀齐平的隔板隔出了一个个小休息角，里面摆着金属长凳和灰色木桌。长凳铆接得很粗糙，木桌也由于长年累月的使用而被磨圆了边角。窗户很高，挨着屋顶；大厅的另一头，锅炉、铜管、巨大的高压锅和水龙头乱糟糟地挤成一团，那就是厨房了。提供的食物只有一种——酱汁菜豆配一块干面包。

"不管怎么样，我就算找不着其他工作，至少也可以在击锤城当厨师。"弗里德里希打趣地说，嘴里还嚼着菜豆。菜豆的味道不差，但是也好不到哪里去。在击锤城，食物似乎只是维持身体正常运转的必需品，"我早就能做这个水平的饭菜了。不过，说说吧，对克鲁佩斯，我们打算怎么办？如果我还不算太蠢的话，我们来这里的原因在于，如果克鲁佩斯准备发动进攻，我们就有理由假定，他可能会在这里制造大量武器。"

"你确实不太蠢。"大刺一边嚼着嘴里的东西一边咧着嘴笑。

"我们总不能直接去工厂打听他们在给他造什么吧？"

"没错。"大刺摩挲着翅膀说，"如果他心怀不轨，就会要求工厂保密。这些工厂不想失去大客户，所以谁也不会走漏风声。"

"我其实觉得魔法更容易。"弗里德里希叹了口气说，"他不能给军队施魔法吗？或者，他不能给人或其他生物施魔法，让他们为他作战吗？"

"哈，哪有这么简单。"大刺说，"单单操纵一个生物，就需要持续不断地集中意念。想操纵一整支军队，更没有谁能做到。就算是最厉害的克鲁佩斯也做不到。"他若有所思地吧嗒着上下颚。

弗里德里希也咬了咬嘴唇。"如果我们假扮成审计人员呢？"他思量着说，"这样一来，那些工厂管理者也许会给我们看一下他们的交易记录。"

大刺露出惊讶的神情。"很不错，但是可能没谁会相信我们。"他说，"我不能写字，因为我没有手指。至于你呢，反正不会有谁相信你是一个审计员！"

"但是，我真是审计员。"弗里德里希一边说，一边心满意足地看着大刺惊愕的表情。

"你从来没说过。"大刺发蒙地说。

弗里德里希耸耸肩："也没人问过呀。我主要为熊蜂相关行业做一些工作——工厂、竞技办公室，等等。"

大刺向后一靠，把六条腿全都交叉抱在胸前。"好，今天你来指挥，"他说，"你最清楚怎么办。那么，我们从哪儿开始呢？"

"我们最好这么做，"弗里德里希说，"你很了解克鲁佩斯，所以你来假扮成他的手下，帮他视察工厂，查看一切是不是正常。我是查账的专业人员。"

"嗯，至于他们是不是相信我们……我们最好能搞到一份上级的手写委任书。不过，我可以给咱们伪造一个。"

"用这个怎么样？"弗里德里希从口袋里掏出那只死去的蚂蚁的触角环，举着它说，"我们不是有一个公司徽章嘛！"

"太好了，头儿。"大刺坏笑着说。

"嗯……我们现在也许需要一些体面的衣服。"弗里德里希想了一下说，"你知道去哪儿弄衣服吗？"

"当然。"

于是，他们离开了饭馆，中途路过了一群群被熏得黑乎乎的工厂工人和浑身沾满铁粉的矿工。半个小时后，他们在一家典当行改头换面，焕然一新：弗里德里希穿上了一身西装，还搭配了一件衬衫和一条领带。那套西装虽然破旧，却缝补得很仔细。大刺戴了一条领带，拿了一个公文包。另外，他们还买了两顶帽了。

"完美。"当他们站在镜子前打量自己时，大刺兴奋地说，"合身，而且看起来也不太新——就像我们每天都穿着它们一样！"

卖衣服的衣蛾一直围着他们转来转去，不停地拽拽这儿拉拉那儿，因为衣服看起来还不够合身。"如果你们愿意，我可以直接收购你们的旧衣服。"她絮絮叨叨地说，"这样，你们刚买的那些衣服就可以更便宜一些。"

"不，不，我们不卖。"弗里德里希打断了她。

"真不卖？我们回收各种衣服。"衣蛾继续劝说，"不管衣服旧到什么程度。即使我们卖不掉它们，我还可以吃呢！"

弗里德里希和大刺面面相觑。

"呃，不，但是我们能拜托您一件事吗？"大刺问，"我们能把背包放在这儿吗？今天晚上我们就取走。"

"不让我们回收？只是放在这里？"衣蛾闷闷不乐地问。

"只是放在这里。"大刺说，"里面有几件衣服，如果您不咬它们的话，我们会非常感激的。"

衣蛾来回摇着脑袋。"好吧，好的，好，没问题。"她说，不过她的声音听起来不怎么热情，"我会去仓库找一些东西当晚餐。也许配点儿迷迭香。"

没过多久，审计员弗里德里希和他的助手大剌就回到了击锤城的街道上。大剌把铁环戴在了右边的触角上。

"我们就从这里开始吧。"弗里德里希说着就朝一个大工厂的门口走去。墙内是一排排的高炉，看起来就像巨型的虫茧。工厂的门前有一个小门卫室，弗里德里希抽出笔记本，翻阅起来。然后，他径直走向玻璃窗。玻璃窗脏得要命，几乎看不清谁坐在里面。

"早上好，"他公式化地打招呼，"我们隶属于克鲁佩斯先生的企业，铁器生产部。我们想检查一下订单中所列产品的账册。"

大剌指了指触角上的铁环，装腔作势地朝门卫室里张望。

"克鲁佩斯？"玻璃窗后面的那只蛆一边快快不乐地问，一边把香烟压灭在玻璃上，"我们今年没接他的任何单子。"

弗里德里希愣了一下，假意低头开始查看笔记本。当然，笔记本里实际上空空如也。"但是，你们在我们的名单上。"他说。

"不，一定搞错了。"蛆摇着头说，"那边的科勒尔特家、理查德家和整个南城——你们可以去那里查一查。你们得查上几个星期。"

　　弗里德里希摆出一副若有所思的模样，转身往回走。"好吧，我们去别处看看。我再查一查我的名单。谢谢！"

　　科勒尔特工厂几乎就在对面，在这里他们幸运多了。弗里德里希和大刺立刻被请进门，弗里德里希带着一副例行公事的表情走进总会计的办公室。

　　"您好，我是克鲁佩斯先生委派来的审计员。"他开口说，"我负责核对数额，我的同事检查订单。"

　　"我们没想到你们会来。"会计惊讶地说。他个头儿很矮，而且近视，一对厚厚的镜片让眼睛显得巨大。

　　"我们今年就是这样，"弗里德里希说，"突击检查。不是因为我们不信任你们，你们一定要理解，这只是例行公事。我们用这种方式检查所有负责铁器产品生产的合作伙伴。您知道，您的工厂一定一切正常。但是，时不时会有一些害群之马。我们已经查到了一些和供货情况不符的巨额账单……能不能让我的同事到车间看一下正在生产的产品？"

　　会计摇摇头："不行，绝对不行，那可能会非常危险！所有高炉都不能靠近！"

　　"好吧。"弗里德里希通情达理地说，"那么可以尽快给我看一下产品账册吗？你们这里生产什么来着？"他快速地翻动着笔记本。

"圆环。"会计热心地提醒。

"哦，对，圆环，当然……不过还有什么……"

"没了，没了，只有圆环。"会计急忙说，"我们正在全力以赴生产圆环。克鲁佩斯先生订购了一百多万个呢！"

弗里德里希看了看大刺，但是大刺正看向别的地方。弗里德里希心里已经没主意了，但是并没有流露出来。"好的，那么请带我去过一下账目吧。"他搪塞说，"只要今年的账目就好。不会占用太多时间的，最多半小时。"

会计从写字桌的抽屉里拿出来一摞胡乱塞在文件夹里的单子，递给了弗里德里希。这一摞单子比它们看起来要重。

"您可以坐在那儿。"那位"东道主"指着角落的一张桌子说，"如果不打扰您的话，我也留在这里继续工作。您要喝茶吗？"

"好的，谢谢。"大刺说。

"我马上去告诉秘书一声。"会计说着急匆匆地跑了出去。

房间里只剩下他们两个了。

弗里德里希抓住这一点儿宝贵的时间，压低声音对大刺说："圆环？他在说谎，是吗？"

大刺耸了耸关节。他看起来并不比弗里德里希聪明多少："不知道。什么圆环？"

这时，会计又回到了办公室。弗里德里希坐在写字桌旁，开始看账目。大刺耐心地坐在弗里德里希身旁，无所事事。他甚至连看看窗外都不行，因为窗户太黑了。几分钟后，秘书把茶送了进来。

弗里德里希快速浏览一列列的数据，寻找能够透露出这里所生产产品的蛛丝马迹。什么都没有——账目上反复记录了铁、模子、石膏、沙子和工具的花费，但是却没有任何信息可以暗示这些东西用来做什么。这些数据让弗里德里希眼前一片昏花。弗里德里希知道，他们只是在浪费时间。但是他们现在又不能直接就这么走掉，那一定会让会计起疑。

弗里德里希不停地偷瞄挂在办公室门上的钟表。二十分钟慢慢地过去了，他实在熬不下去了。于是，他合上文件夹，递还给会计。

"非常感谢。"他说，"我们没发现有疑问的地方。"

"嗯，我们很高兴能听到您这么说。"会计推了推眼镜说，"顺祝您愉快！"

"您也是，您也是。"大刺一边说一边赶在弗里德里希前面爬出了门。

到了外面，弗里德里希小声说："高炉里可能藏着一枚炮弹！"

　　大刺耸耸关节："这只是众多工厂中的一个。我们接着去南城看一看。"

　　"希望我们也能像这次一样顺利地进入工厂。"弗里德里希小声嘟哝。

14
夜闯工厂

差不多五小时之后，他们已经完成了十一家工厂的巡视，查看了数不清的数字，喝了像瀑布的水一样多的茶。

"我再也不想看到茶水了。"当他们心灰意冷地走在回典当行的路上时，弗里德里希感叹。路途很远，天慢慢黑了，"圆环，哪里都是圆环！那家伙想用这么多圆环干吗？！"

"我想过了。"大刺回答，"也许他们在用圆环这个词做暗号，它其实代表完全不同的东西。如果他们相信我们在为克鲁佩斯工作，他们就会说这个暗号，而且认为我们一定知道它的真正意思是什么。"

"但是，我们怎么才能查明白呢？"弗里德里希揪着头发大声说。

"嗯，我们还是先去找点儿吃的吧，我饿了。茶可填不饱肚子。"大刺说。

"我们还得找一个小客栈过夜。"弗里德里希疲惫地说。

"不，"大刺说，"今天晚上我们不能睡觉。"

"什么？你想干什么？"弗里德里希已经没力气争辩了。

"查明白克鲁佩斯让这些工厂制作的是什么圆环。"大刺回答，"从现在开始，行动听我指挥。你有手指，而我可以爬直上直下的高墙。"

"你为什么要爬墙？你会飞呀！"弗里德里希只想上床睡觉。

"如果我飞的话，守夜的就会听见嗡嗡声。"

"哪里的守夜的？"

"科勒尔特工厂的守夜的。"

过了几秒钟，弗里德里希才在昏昏沉沉的思绪中搞明白了这个主意。"你想夜闯工厂？"他吃惊地问。

"没错。科勒尔特家从克鲁佩斯那里拿到的订单最大，所以我们应该去看一下，他们生产的成品真的是圆环还是其他东西！"

"如果我们被抓住了呢？"弗里德里希反驳说。击锤城本身已经够让人绝望了，他可不想尝试在这个城市坐牢的滋味。

大刺耸耸关节："那他们也得能抓住我们。"

"你简直疯了。"弗里德里希抱怨。

"如果你不想一起去，我就自己去。"大刺懒洋洋地说。

弗里德里希想了想。"我们去的时候会穿黑色紧身衣、戴黑色手套吗？"他忐忑地问。

"必须的。"

"会戴面具或者类似的东西吗？"

"是的，当然。虽然这些东西对我来说完全多余，因为我的脸本来就是黑的。"

弗里德里希左思右想。理智的声音告诉他，他应该找一张床睡觉。但是他的脑子里还有另一个声音在嘀咕，他再也不可能找到一个这么好的机会，能在夜里穿着可笑却炫酷的夜行衣、戴着面具在房顶上爬来爬去。就算在狂欢节上也不行。

"好吧。"他说，"我希望，你知道你在做什么。"

在典当行里，他们还回"新"衣服，给弗里德里希换了一套黑色的紧身衣，又给大刺换了一条用来缠裹身体的黑色长布，好遮住他身上的金色条纹。

"您有面具吗？"大刺随口说，"入室抢劫者们用的那种面具？”

“当然。”衣蛾回答。刚刚拿回西服，她很开心，现在正美滋滋地嚼着大刺戴过的那条领带——她的晚餐有着落了，“您以为，入室抢劫者永远不会缺钱吗？”

“我们可能需要两个，为了……呃，为了化装舞会。”弗里德里希解释说。

“噢，您买衣服干什么，跟我们一点儿关系也没有。”衣蛾说，“守口如瓶是我们的座右铭。”

“或者说，她的格言。”弗里德里希小声对大刺说，“明白我的意思吧？她的格—蛾—言？”

“我都听见了。”衣蛾尴尬地说。

大刺却装作什么都没听到，将新买的东西塞进背包里，费力地掏出钱包，把买入室抢劫者的行头和租借审计员服装的钱付给衣蛾。

“你们还会再来还黑衣服和黑布吗？”衣蛾期待地问。

“不了，我们想留着它们。”大刺说，“祝您晚上愉快！谢谢！”说完，他们昂首挺胸地离开了，准备好迎接今天的晚餐——最好是炸得脆脆的食物。

太阳落山时，大刺和弗里德里希已经坐在了一个仓库大厅的房顶上。在他们周围，烟囱、吊车零件、管子和塔楼纷乱错杂，黑乎乎地戳在夜空中。但对于偷潜入室而言，现在天还是太亮了。于是，他们等待着夜晚的到来。

很多工厂已经安静下来了，很多烟囱也不再冒烟。但是，一些装配车间和行政大楼仍然灯火通明，空中仍然有机械甲虫从他们头顶飞过。

白天的烟雾消散了一些，但还是看不见天空，更不要说星星了。在击锤城周围，星星永远不会出现。

在下面的车间里，机器一直在自动锤击。房顶时不时颤动一下，仿佛不断有东西爆炸了一样。

"他们在这里怎么睡觉呢？"弗里德里希在隆隆声中百思不得其解。

大刺耸了耸关节。他在操心别的事：他动用了所有腿，努力用黑布把自己裹起来。最终，他开口问道："你能帮我裹一下吗？我没有手指。"

弗里德里希站起身，用黑布把大刺一圈圈地缠起来："你可不像是要夜闯工厂，倒像一个肉卷！你觉得那个衣蛾会去告发我们吗？我有些担心。"

大刺用舌头发出了一声怪音："哼，买入室抢劫者的衣服又不犯法。而且，这座城市里有成百上千栋建筑。担心被抢的应该是银行和行政大楼的主人，因为这些地方放着钱。没谁会担心生产千钧重的铁制品的工厂，这些玩意儿太难偷了。"

弗里德里希把黑布用两个别针固定在大刺的两个翅膀中间。"你现在看起来还挺时髦。"他戏谑地笑着说。

"唉，现在附近又没有熊蜂蜂后。"大刺叹了一口气说，"另外，不管今晚事情进展如何，我们在工厂办完事后，立马开溜。谁知道呢，也许哪个工厂主会向克鲁佩斯发消息核实我们的身份。那么，他们可能最晚明天中午就会知道我们是骗子。那时，我们最好已经远走高飞了。"

弗里德里希点点头，感觉心脏正在胸腔中不安地颤动。他第一次感觉到自己正在危险边缘试探。他甚至有一种感觉，以前那个弗里德里希·勒文莫尔的皮囊正在一块块地掉落，仿佛它们已经变得多余了。在丢掉旧皮囊之后，他感觉轻松多了。

渐渐地，天色黑尽，天气转凉。于是，弗里德里希和大刺起飞了。他们低低地擦着屋顶，穿行在杂乱无序的烟囱间。

夜里，空中的交通状况比白天通畅多了。除了机械甲虫，一路上再也没遇到其他生物。弗里德里希和大刺在烟囱中间飞来飞去，无论从上面俯视还是从下面仰视，都很难发现他们。弗里德里希已经完全迷失了方向，但是大刺似乎知道他们要去哪里。不一会儿，科勒尔特工厂那熟悉的屋顶从屋顶组成的海洋中浮现出来。这里没有冒烟，看来科勒尔特

的工厂夜里停工了。

工厂的围墙十分粗糙，弗里德里希也许自己就能爬得上去。与击锤城的其他东西一样，这堵墙满是烟尘。大刺不偏不倚地落在了墙根下，直接开始向上爬。"我们先到院子里看一下，再继续侦察。"他小声说。

弗里德里希着实被大刺突如其来的爬墙动作吓了一跳。他不得不牢牢抓住大刺的绒毛，用腿紧紧地夹着大刺的后腹部，仿佛命悬一线。

接下来，大刺翻过了那面墙，开始沿着墙的里侧朝下爬！弗里德里希想知道，在他那些声名显赫的亲戚们中，还有谁曾经陷入过如此难堪的境地中吗？大头朝下骑在一只沿着墙向下爬的熊蜂身上？恐怕没有了吧。勒文莫尔家族的熊蜂都接受过良好的训练，应该根本不会做出这种事。而且，他的亲戚们还都有鞍座和脚蹬。像自己这样骑熊蜂，根本称不上体面的技艺！除此之外，勒文莫尔家族的人也从来不会不顾名声，夜闯别人的房子。幸好那些一本正经的亲戚们看不见，他是如何在这里辱没家族名誉的！不过，在他看来，这么做也是为了一个崇高的目标。

终于回到地面后，大刺小心翼翼地停在墙根下观察四周。弗里德里希越过大刺的肩头看去，只看到了一栋大楼和一栋侧楼，还有一盏来回晃动的灯。

"啊，一盏夜灯。"大刺嘀咕。

弗里德里希稍稍直起身子。大装配间现在已经空空如也，一盏明亮的探照灯转着圈，把窗棂的影子缓缓地投映在院子里和邻近的建筑上。除了门卫室里那盏光线暗淡的小灯外，这就是仅有的一盏灯了。

大刺轻笑一声："最好去屋顶，灯照不到那里。我们走！"

弗里德里希赶紧戴上面具，他们朝主楼的墙爬去。从那里向上，连接着一处覆盖着铜片的屋顶。屋顶下面的那部分楼体年代久远，已经摇摇欲坠，多亏一些草草铆接的金属柱支撑着。其中有几个金属柱通向装配间。

"我们不能去装配间，夜灯就在那里面。"弗里德里希小声说，"而且他们也不会把成品放在那里，对不对？"

"喀，"大刺轻声回答，"只要我们不清楚他们到底在生产什么，我们就不知道他们把成品存放在哪里。我觉得，这里的什么地方应该有一条货车轨道，通向外面，和城市铁轨相接。货物会从那里运到市郊的吊车，再运下去。"

"但是这样一来，谁都会看见他们在生产什么，"弗里德里希不同意，"那就泄露了工厂的秘密。也许他们是通过靠飞煤驱动的甲虫们，从高处的某个地方把货物轻而易举地

运出去。"

"也对，但是也不太说得通。"大刺嘀咕，"如果你生产了大量很重的东西，那么用在甲虫们身上的开销就会非常大，而且很费事。我们先去装配间的另一面，也许能在那儿发现什么！"

门卫室里时不时传来隆隆声，但是窗边却什么也看不到。于是，他们沿着金属支柱迅速爬向装配间的墙壁。在装配间的房顶上，他们完全避开了下面的灯光。房顶边沿安装着很多排气设备和煤气阀门，他们可以藏身其间。在房顶的另一头，一个用砖搭建的黑色塔楼耸立在浓雾弥漫的空中。

"那是什么？"弗里德里希问，"一个烟囱？"

大刺耸了耸关节，继续朝前爬。

弗里德里希努力梳理自己的思路，想搞清楚装配间上的烟囱是用来干什么的。这时，他想起了一些事："你之前说，岩石中布满通道和竖井，就像乳酪一样。如果他们把货物从装配间用绳索吊到山里的货车轨道上呢？也许这里有一个内装的吊车！"

大刺敲了一下头："对，当然！我怎么没想到呢！嘿，你还真比我之前用的那些助手聪明！"

"哎，你现在才发现呀！"弗里德里希气呼呼地说。但是，大刺根本没心思听弗里德里希的抱怨。他快速爬到那个小塔楼的外墙和装配间相交的地方，向下张望。

"跟我想的一样，"他郁闷地说，"现在我们需要你的手指！"

弗里德里希也顺着塔楼外侧向下看。就在离他们很近的下方有一扇窗户，对开的木制百叶窗板被关上了。

"我要怎么做？"他小声说。

大刺翻了翻眼珠："喏，窗户插销从里面插上了，你得把它顶起来。找个小木片或者厚纸板之类的东西。"

"抱歉，我可从来没干过破窗而入的事。"弗里德里希尴尬地说，"我始终觉得，这有违道德。"

"你那里有什么合适的工具？"大刺又问，根本不接弗里德里希的话茬。

弗里德里希在书包里摸了一阵："我的刀子，刀尖足够薄。"

"那就开工吧。"大刺说。于是，弗里德里希又爬到大刺的背上，大刺驮着他顺着墙向下爬。窗户只有一臂长，也只有一臂宽。到了窗户的正上方，大刺停了下来。

"怎么回事？"弗里德里希问，"你为什么不走了？"

"怎么回事？"大刺照葫芦画瓢地说，"你为什么不开始？"

"你到底是愚蠢还是故意的？"弗里德里希恼火地

说，"我不能脑袋冲下干活儿，我不是昆虫！我的脑袋都充血了。而且，我现在一松手，就会立刻掉下去！"

"对对，"大刺嘟哝说，"我没想到这一点。等我爬到窗台上去。"

弗里德里希站稳后马上发现，他现在可以很轻松地从口袋里掏出刀子了。大刺用一条后腿扶着他——这姿势可不怎么舒服。不过，弗里德里希已经胸有成竹。动作不能太大，动静不能太响。既然他现在不得不破窗而入，那么他希望自己能干得还不错。

百叶窗板已经异常老旧，左右两扇合拢得并不严实。弗里德里希小心翼翼地把刀尖从两扇窗板中间插进去，紧贴着最下面的窗台。然后，他慢慢地向上移动刀尖。当刀子移动到窗板半截时，刀尖抵到了一个东西。弗里德里希试探着用刀刃推了推，那个东西纹丝不动。

"也许里面有一把锁。"他小声说，"那我们就进不去了。"

"也许只是卡住了。"大刺说，"换个更简单的办法试一试：抵住窗板，再动插销！"

弗里德里希把窗板抵向窗框，再次从下往上使劲撬动刀刃——插销像黄油一样滑开了。伴随着嘎吱一声轻响，两扇窗板分开了一条缝儿。

“成了，”大刺在下面兴奋地小声说，“确实卡住了。”

弗里德里希把窗板全部打开，爬了上去。他畅通无阻地进了最上面的房间。不过，房间里一片漆黑，他不敢轻举妄动，一直等着大刺也跟着爬了上来。大刺关上身后的窗板，弗里德里希打着了防风打火机。在闪动的火光中，他们发现自己身处一个圆形的小房间里。房间地板的正中间有一个圆洞，天花板上吊着一些绞车，绞车上的绳索全都垂进圆洞里。

“干得好！”大刺一边小声夸赞一边拍了拍弗里德里希的肩膀，“给，拿着！”铁皮门的两旁有两只小提灯挂在钩子上，大刺拿下来一只，递给了弗里德里希。弗里德里希点燃了提灯。

15

百 万 圆 环

"这上面什么都没有。"弗里德里希说,"我们去下面吧?——该死,门锁了!我们现在怎么办?"

大刺用后腿支着地,踮起脚够向绞车。然后,他费力地从触角上拿下圆环,用它牢牢卡住控制绞车吊绳的装置。他拉了一下绳索,绞车已经被卡住了。

"我们不需要留着它当证据吗?"弗里德里希试探着问。

"哼,不要了。它也不值得留着,晦气的玩意儿。"大刺说,"自从我戴上它,就一直头疼。好了,绞车卡死了。上来,我们下去!"

　　他们顺着被固定的绳索向下爬。在这个小房间下面，是一个又深又宽的竖井。竖井里一片漆黑，提灯的光亮照不到井底。随后，他们又到了更深的一层。在这里，地面上的洞更大了，而且是正方形的。大刺粗估了一下，让他们两个稳稳地落在了地面上。

　　这个房间有一扇敞开的大门，门那边仍然是一片漆黑。那些灯火通明的装配间一定就在这扇门后面的某个地方。一条条轨道从这扇门通过，那些完工的产品就是被装在货车上，从这些轨道运往吊车。房间的四周都是箱子，它们一个摞一个地堆在一起。所有箱子都钉上了箱盖，似乎已经准备停当，只等被吊送下去。

　　"我们看一下，箱子里面是什么。"弗里德里希一边紧张地低声说，一边径直朝箱子走去。

　　"如果你能打开它们的话。"大刺跟在他身后说，"我们真应该为这个送命的差事准备一个像样的工具。不过，我们如果真的买了撬棍，现在可能已经有麻烦了……"

　　弗里德里希肯定不可能用手打开这些箱子，它们装满了东西而且重得要命。他没有泄气，开始在房间里到处找能用的工具。大刺帮着一起找，最后竟然还是他找到了一个起钉锤。于是，弗里德里希轻而易举地撬开了箱盖。大刺激动地看着他，心里一阵羡慕：如果能有手指多好呀。

箱盖弹开时，虽然只发出了小小的嘎吱声，但弗里德里希觉得，这个声响简直可以惊动这整个城区的居民。他小声发了一句牢骚，但是很快就把火气抛到脑后，迫不及待地弯下腰朝箱子里看去：箱子里闪着一片金属的光泽。

圆环！

"喂，喂，里面是什么？"大刺急忙踉踉跄跄地跑过来，从箱子边缘探头向里看。

"你自己看吧。"弗里德里希有气无力地说。这个世界令他迷惑。

"圆环？"大刺的眼珠子简直都要瞪出来了，"这还真是圆环！"他在那一大堆黑色的小圆环里翻找了一遍。箱子里全是打着标识的圆环，和他们在那只蚂蚁身上找到的圆环一样。大刺和第一位目击者的感觉如出一辙，"这不可能。再开一个箱子！"

弗里德里希照办了。但是，第二个箱子里也是圆环——没有武器，没有工具，只有圆环，成千上万个带标识的黑色圆环。第三个箱子同样如此，只装了圆环。当看到第四个箱子也装满了圆环时，他们放弃了。

"我们走吧。"大刺疲惫地说，"不管克鲁佩斯在这里干

什么，反正肯定没有武装军队。上来吧，我们走了。"说完，大刺爬上绳索，弗里德里希爬上他的后背。白费力气！弗里德里希筋疲力尽，连沮丧的力气都没有了。他只想要一张柔软的床，或者任何一张床，硬床也不错，哪怕是一块能让他蜷缩着躺一躺的不脏不潮的地板。

但是，他们却无法回到最上面的窗户那里了。谁也说不清哪里出了问题——也许是绞车部件老化了，也许是绳索磨损了，也许是他们的体重超出了卡住绞车的那只铁环的承受力……不管怎样，他们头顶上的绳索突然断了，他们俩从高处掉落下去！

弗里德里希吓得尖叫起来，大刺赶紧扇动起翅膀。不过，他完全被突如其来的状况惊呆了，晕头转向地扑扇着翅膀在空中打转。所以，他们虽然没有顺着洞掉进矿井深处，却不偏不倚落在了一个打开的箱子里。铁环向四处飞散，噼里啪啦地掉在石头地面上。即使大刺扇动翅膀的嗡嗡声或者弗里德里希的尖叫声没有惊动守夜的，那么这些四处飞散的铁环无论如何都会把他招来。

弗里德里希和大刺挣扎着，还没来得及爬起来——弗里德里希倒霉透顶地被大刺砸了个正着，就听见了装配间传来的脚步声和守夜的恼怒的咒骂声。听上去，他还在用勺子敲击铁锅，要把帮手们全都招呼过来。

"噢，该死！"大刺一边发牢骚，一边费力地挣扎着爬起身，"哎哟！"

"你哎哟什么，你可是软着陆！"弗里德里希气鼓鼓地说。他的一只手和一条腿还牢牢地扒着大刺的后背。

"嘘！"大刺示意他仔细听。

那些家伙已经冲进门来，守夜的手里举着一支火把——他看上去像是一只大螳螂，后面还跟着两只拿着提灯的小花金龟。

"我们已经看见你们了！"守夜的吼道，口器咔嗒作响，"靠墙站好，这里已经被包围了！"

"我们正想走呢。"大刺说。

这时，空中传来一阵响亮的嗡嗡声。显然，守夜的说的没错，他的一个后援已经从最上面的窗户飞进来，彻底封锁了大刺和弗里德里希的退路。

"可恶！"弗里德里希说，但是他没工夫害怕了。向前冲，和守夜的干一架？枉费力气。向上飞，和他的后援部队干一架？同样不是明智之举。那就只能向下飞进入吊车井道了，那里一定有通向击锤城外的出口！

大刺载着弗里德里希向前一个俯冲。一眨眼的工夫，他们就消失在房间的方洞中，把科勒尔特工厂甩在了身后。

他们的四周依旧只有石头。那些粗糙的墙体很久以前原本是为了开采铁矿所建，后来成为科勒尔特工厂的吊车通道。两个"逃亡者"就像掉落的石头一般一闪而过。弗里德里希举着的提灯散发出的光太微弱了，他们差一点儿没看到井道底部的轨道。好在大刺反应迅速，及时"刹车"，他们才没撞到地面。大刺在空中悬停了一会儿，继续向前飞去。这里只有一条水平向前的通道，地面上蜿蜒着一条条轨道。轨道泛着亮光，被维护得不错。

"现在只需要沿着轨道走，"大刺松了一口气，说，"很快我们就能出去了。"

"哎，希望通道尽头不会有一道上锁的门。"弗里德里希说。不过，似乎没必要在击锤城的地下设置安保措施。要想进入吊车井道，必须先爬上岩壁。为什么要费这份力气？击锤城里没有任何值得偷的东西——对于这一点，弗里德里希现在比任何时候都更加深信不疑。

终于，他们感觉到一股夜晚的新鲜空气扑面而来。绕过一个拐角，弗里德里希在通道的尽头看到了一方湛蓝的夜空。他们像离弦的箭一样径直飞出去，终于冲进了那片蓝色。岩石、吊车和那个污秽不堪的城市通通被他们甩在了身后。

弗里德里希大口地呼气和吸气。多少小时以来，他们头一次感觉到了空气的清新。随着他们越飞越远，击锤城的烟雾变得越来越稀薄。几分钟之后，他们又能看见星星了，还看见了淡淡的弯月和黑色的树影。弗里德里希满脑子只想着找一根树枝过夜。他现在才发现，自己有多累。随便哪棵树，随便找个小窝……

"大剌，我们到底还得飞多远……"他问。汹涌的困意开始从他的脑袋向下蔓延。有那么一瞬间，他刚刚打了一下瞌睡，就惊醒了。"永远不能在熊蜂的背上睡觉，否则可能会送命！"小时候，亲戚们就这样一遍又一遍地叮嘱他。

"去森林里。"说话间他们已经穿过了一片树林，大剌说，"然后我们讨论一下形势！"

"今天算了吧。"弗里德里希说，"我的脑子已经转不动了，嘴也几乎张不开了！"

"那么比起脑子来，还是你的嘴更好用呗……我有时候觉得，这是你们这些细皮嫩肉的家伙们的通病！"大剌调侃说。

弗里德里希捶了他一拳——那力道就跟挠痒痒一样，因为他已经没劲儿了。随后，他们落在了树下。弗里德里希脚刚一沾地，就直接瘫倒，呼呼大睡起来。

弗里德里希梦到了圆环。那只在典当行工作的灰色衣蛾要用成箱的圆环换他的衣服，但是他不愿意把衣服给她，因为

他心里清楚得很，衣蛾只会吃掉它们。弗里德里希也许可以把那身夜行衣给她，不过他发现，那身衣服还穿在自己身上。于是，他说："我们公平地商量一下，我给你核账，你给我圆环！"结果，衣蛾为难地看着弗里德里希，坦白地告诉他，自己已经把账本吃了——她出生时原本是一只蛀书虫，后来通过变异手术变成了衣蛾。

正当弗里德里希不知道该怎么办时，强有力的常识告诉他，这很可能是一个梦。这时，一股烤肉的香气突然钻进了他的鼻孔，把他从梦境里拉了出来。

弗里德里希坐起身。大刺似乎在他睡着后，给他盖了条毯子。而他现在还穿着那身黑色的夜行衣。他刚想揉揉眼睛，却发现自己头上还扣着那副面具。他哼哼了一声，突然觉得自己实在太蠢了。

大刺把平底锅放在热炭燃起的火苗上，烤着肥肉。他已经把黑色长布从身上解下去了。"啊哈，大英雄醒啦！那么，你对昨天晚上的事有什么看法？"他心情不错。

弗里德里希发出像废弃的水龙头一样的声音。他一把扯下头上的面具："他们差点儿抓住我们！"

"不是，不是，你怎么看那些圆环？现在，你又怎么看克鲁佩斯、白仙和她的战争计划？"

"我不知道，"弗里德里希叹了一口气说，"一切都讲不通！"

"先梳理一下。"大刺不容置疑地催促。

弗里德里希懒得走路，直接爬到炭火旁，大口啃起了烤肉。对于今天早上而言，这点儿活动量足够了。大刺一定要"审问"他吗？"好吧，"他嘴里嚼着肉说，"没有武器。克鲁佩斯造了上百万个圆环，用来作为员工们的标记。但是，这并不能引发战争。"

"对。"大刺说。

"我们对白仙一无所知。我们也不知道，她和克鲁佩斯有没有关系。哎呀，真复杂。"弗里德里希拿起一根小棍，在地上划来划去，想要整理出完整的情况，"克鲁佩斯雇佣数百万的工人到底要干什么呢？"

"你再想想，他从哪儿雇来数百万的工人？"大刺打断了他。

弗里德里希皱起眉头："又怎么给他们支付酬劳？"

"谁负责给数百万工人面试、办理入职手续、组织岗前培训呢？"大刺接着说，"不。我们这位魔法师在为谁制作圆环，已经显而易见了。"

"是吗？"弗里德里希说，他并不认同大刺的说法。

大刺翻了翻眼珠："只有一类种族可以成百上千地被集体雇佣。哈，弗里德里希，你再想想！"

"蚂蚁。"弗里德里希终于恍然大悟地说。

"对，是吧？"

"嗯，对，他不用给蚂蚁们支付太多酬劳。"弗里德里希若有所思地说，"而且，他也不用给他们单独支付酬劳，因为蚂蚁永远只为他们的蚁群工作。"

"对。你只要答应给整个蚁群足够他们吃的糖，这个蚁群的所有蚂蚁就都会为你工作。"大刺也一边啃肉一边说，"如果有谁同时为几个蚁群提供食物，那么他很快就可以得到数百万工人。"

"但是这些无聊的标记用来干什么呢？"弗里德里希继续用小棍在地上划来划去，"为什么所有被他雇佣的蚂蚁都要戴上他的标记？这位克鲁佩斯先生就这么虚荣吗？"

"他疯了。"大刺毫不遮掩地说，"从来没谁能看透他。我也不知道他想让这些蚂蚁干什么。"

"也许他想攻占南境。"弗里德里希若有所思地说，"蚂蚁非常好斗。"

"没错，蚁群之间会打架！如果自己的蚁群遭到攻击，他们会一致对外。但是根据《荣誉法典》第二十七条第二款，蚂蚁们只参与蚁群间的战争。黄色的林蚁对抗大个头儿的林蚁，或者红色的蚂蚁对抗黑色的蚂蚁，但是这些对抗只发生在蚁群之间。如果克鲁佩斯希望让蚂蚁们为他开战，那他就大错特错了。蚂蚁不做雇佣军。他们只为自己的蚁群而生，也只为自己的蚁群而死，不会为了一些不义之财或者糖涉险。那完全不是他们的本性。"

"那么雇他们来干什么呢？"弗里德里希问，他之前对昆虫从来不愿多费一点儿神。

"我怎么知道！打扫树林，在干草堆里找大头针或者运输大宗货物吧。在这些工作里，大量又小又壮的工蚁很好用。"

"克鲁佩斯不能用魔法强制蚂蚁们为他作战吗？"弗里德里希固执地问。

大刺同情地看着他："看来，你的家乡没有魔法……告诉你吧，魔法并没有那么简单。对于没有生命的东西，只要多花一些时间和精力，就可以用魔法做很多事。但是，对于有生命的生物来说，情况就截然不同了。你不能简单弹一下手指，就把谁变成青蛙。让有生命的生物做他们不愿意做的事——这太难了。法力最高超的魔法师也许可以办到——在短时间里只对一个活物施法。但是，这需要集中全部意念。如果你在这时候哪怕由于一点点动静分散了注意力，魔法就会

消失。"

"也就是说，克鲁佩斯不可能把数百万只蚂蚁变成傀儡。"弗里德里希思索着说。

"绝对不可能。"大刺擦着翅膀说。

"那么我们根本没有任何理由认为，这里有人准备攻打南境。"

大刺用前足轻轻点了一下弗里德里希的额头："没错，没有站得住脚的理由。"

"那我们可以回家了！"弗里德里希说，他一下子来了精神。

"是的，"大刺说，"我们正好能在出发十四天后回到家，这也符合眉兰的计划。更确切地说，是我回到家，然后再把你送回家。"

事情就这样结束了，弗里德里希突然觉得有些遗憾。他现在才刚刚开始喜欢上干这活儿！

"不过你肯定会留下来参加庆典吧？"大刺接着闲聊起来，"一定会有一个庆功会或者其他什么活动，毕竟我们带回去了这么好的消息。到时一定会有很多美味等着我们。"

"不，"弗里德里希说，"不需要庆典，谢谢。只要回家就行了。"真想再见眉兰一面！他忧伤地想，自己的家乡可没有这样的姑娘。

"你的眼神恍惚。"大剌试探着说，"你在想眉兰吗？"

弗里德里希本来就没想隐瞒："是的，想想而已。"

"你够幸运了。你根本不知道，我多羡慕你。在她那里，你比我的机会更大。至少，你和她是同类！"大剌看起来有些低落，"不过我可能至少会有一个熊蜂蜂后！"

弗里德里希满脸通红地嘟哝："哎，你总不会认为她会喜欢我吧？永远不会！"

大剌耸了耸关节。

"我们怎么处理白仙那边？"弗里德里希问。

"唉……无计可施。我们到现在为止没有任何理由证明，她在密谋什么——我相信塔尔帕。那家伙自视甚高，不会骗我们。如果连守护者都没有参与令人生疑的阴谋活动，那就应该没什么大事。"大剌若有所思地吧嗒着上下颚，"我们当然还要继续密切观察，但是情况实际上还没有那么危急。"

不过还有可能……弗里德里希的心里有一种莫名的不安感，非常强烈。一些事似乎不太对劲。不知道从什么时候开始，他总有一种感觉，这个国家已经阴云密布……

峡谷的爆炸案到底是谁策划的？

神秘的圆环究竟有什么蹊跷？

北境的守护者联盟真的与这些毫无关系吗？

弗里德里希和大刺的一切调查都表明，

南境与北境相安无事，所谓的战争疑云只是空穴来风，

然而，事实果真如此吗？

欲知后事如何，且看下回分解……

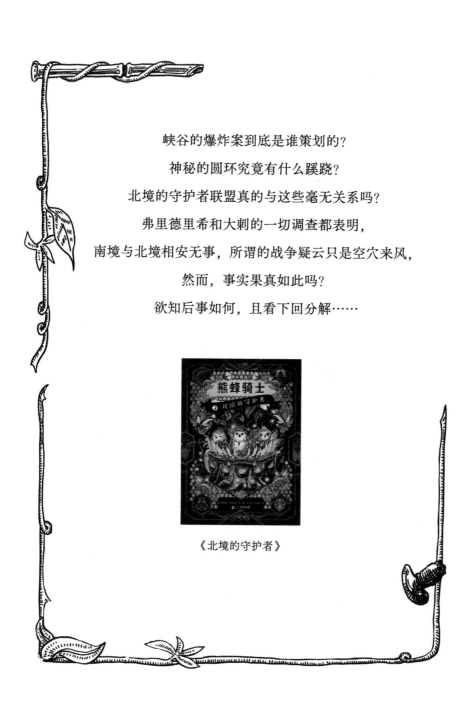

《北境的守护者》

图书在版编目（CIP）数据

女王的秘密任务 / （德）维蕾娜·莱因哈特著；刘
海颖译 . -- 南昌：二十一世纪出版社集团，2022.11
（熊蜂骑士；1）
ISBN 978-7-5568-6611-3

Ⅰ . ①女… Ⅱ . ①维… ②刘… Ⅲ . ①儿童小说－长
篇小说－德国－现代 Ⅳ . ① I516.84

中国版本图书馆 CIP 数据核字 (2022) 第 093465 号

Der Hummelreiter
Text by Verena Reinhardt, cover design, plates and vignettes by Eva Schöffmann-Davidov
© 2016 Beltz & Gelberg
in the publishing group Beltz - Weinheim Basel
Current Chinese translation rights arranged through Agency Beijing Star Media Co. Ltd.
Simplified Chinese translation copyright © 2022 by TB Publishing Limited.
All rights reserved.

The translation of this work was supported by a grant from the Goethe-Institut.

版权合同登记号：14-2021-0185

本书章节衬页及封面由伊娃·舍夫曼 - 达维多夫设计，内文插图由曹萌绘制。

熊蜂骑士 ❶女王的秘密任务
XIONGFENG QISHI　NVWANG DE MIMI RENWU

[德]维蕾娜·莱因哈特｜著　曹　萌｜绘　刘海颖｜译

出 版 人	刘凯军	项目策划	奇想国童书
责任编辑	孙睿旼　刘晨露子	特约编辑	聂宗洋
装帧设计	李燕萍	封面插图	[德]伊娃·舍夫曼 – 达维多夫

出版发行　二十一世纪出版社集团（江西省南昌市子安路 75 号　330025）
网　　址　www.21cccc.com
经　　销　全国新华书店　　　印　　刷　固安兰星球彩色印刷有限公司
版　　次　2022 年 11 月第 1 版　　印　　次　2022 年 11 月第 1 次印刷
开　　本　880mm × 1300mm 1/32　印　　张　6.5
字　　数　123 千　　　　　　　　书　　号　ISBN 978-7-5568-6611-3
定　　价　36.00 元

赣版权登字 -04-2022-250　　版权所有，侵权必究
购买本社图书，如有问题请联系我们：扫描封底二维码进入官方服务号。
服务电话：0791-86512056（工作时间可拨打）；服务邮箱：21sjcbs@21cccc.com。